Contents

異世界轉生……才怪！

Isekai tensei … Sareteneee!

碳酸（タンサン）——著
夕薙——繪
涂紋凰——譯

第1章……

陰陽術篇

第1話 異世界轉生……才怪！

從今天開始，我就是高中生了。

第一次見面的同學、還看不慣的教室，和國中不一樣的學校活動……

心中充滿各種不安與期待，就這樣朝學校出發。

「有點緊張呢！好，轉換一下心情吧！」

第一天上學啊……嗯……在轉角處撞上嘴裡咬著吐司的女主角，因此起了一點爭執，結果碰巧兩個人分到同一班，所以有點尷尬。雖然遇到很多麻煩，但也慢慢培養出愛苗。

「嗯，實際上不可能有這種事吧。」

腦中出現這種幻想的我，第一次碰到的大事就是和電車相撞的事故。

✦✦✦

「這裡是……」

張開眼睛之後，我發現自己身在一個純白的房間裡。

「我剛剛，被電車撞飛……咦？」

我看著自己的身體，發現自己並沒有受傷。

劇烈的撞擊之後，依稀記得血流到連視線都被染紅了……但我不僅毫髮無傷，就連一點痛覺都沒有。

「那是因為這裡不是現實世界啊！」

突然，有人對我說話。一回頭，那裡站著一位很面熟的老爺爺。

「呵呵呵，不用這麼戒備。老身是神仙啊！」

神仙？……啊，我想起來了！他是在平交道跌倒的老爺爺！我為了幫助這個人，所以被電車撞了。

「這次真的很抱歉。我造了人類的身體到下界遊玩，但是很不習慣。我在平交道踩到香蕉皮，所以傷了膝蓋。這個時候剛好電車駛來，我差點就死了呢。」

因為香蕉皮差點死掉，到底是有多笨啊。

「呵呵呵，經常有人這麼說。」

應該是說，如果是神仙的話，死了也沒關係不是嗎？還有，你從剛才就一直知道我在想什麼？

「嗯，我從剛才就一直讀你的心。這點小事很簡單，畢竟，我是神仙啊！」

喔喔，真的是神仙耶。

「而且，死了也沒關係。對我來說，肉體只是容器。」

真的假的……那我幫你，不就是多管閒事了嗎？

「不不不，不是喔。我是真的很感謝你。」

為什麼？

「別看我這個樣子，老身可是很了不起的神仙。要是老身在人間因為踩到香蕉皮而死，愛聊八卦的眾神又有得說嘴了。」

八卦……神仙的世界也有這種東西啊。

「我們也有週刊雜誌喔！啊，話題扯太遠了。除了愛聊八卦的神仙，還有覬覦老身地位的神仙喔。如果我在人間那樣死了，難保不會被說閒話。」

哇，好像政治家喔。神仙也真是辛苦。

「很辛苦啊。這一點和人類沒什麼不同。然後，很遺憾，你已經死了。」

啊，我果然還是死了啊？

「嗯，真的很抱歉。害死像你這樣善良的好人，真的是我失策。」

你不會因為這件事被彈劾之類的嗎？

「覬覦我地位又蠢蠢欲動的神仙們，根本不把人命放在眼裡。比起我害死你，他們更會拿我踩到香蕉皮而死這件事做文章。」

哇，太慘了。所以，我竟然輸給香蕉皮……

「這你可不能認真。是那些神仙太奇怪了。你的行為是正確的，你的生命也很寶貴。」

噢……

我差點流下眼淚。顧慮我的心情而說的這一句話，真的非常感人。這位老爺爺，真的是神仙啊。

「那你想重新度過這一生嗎？」

重新，度過這一生？

「是啊。雖然非常抱歉，不過我看了一下你的包包。最近很流行這種東西嗎？」

神仙爺爺的手裡拿著我放在包包裡還沒讀完的輕小說。

「我知道這本小說裡所寫的世界。那裡住著很多擁有智慧的種族，是個以劍和魔法支配的世界。你想不想去那看看？」

這是……

「就是所謂的異世界轉生啊。」

喔喔喔喔喔喔喔！

雖然有點恐怖，但我想去看看！

「呵呵呵，那好啊。當然，我也會『作弊』一下。」

咦，可以嗎？

「當然啊。我會維持你目前的記憶和身體，但是強化身體能力。同時也提升一下你的技能學習能力。這樣無論什麼魔術或武術，只要看一眼就能學會了。」

喔喔喔！

「除此之外，再送你一點我的力量。你應該會慢慢知道怎麼用。」

喔喔喔喔喔！太感謝了！

「沒什麼、沒什麼。因為我笨手笨腳才會害你必須轉生，不提供一點服務說不過去啊。」

就算是這樣也很感謝你。人生可以重來，還獲得作弊的能力。

「呵呵呵，雖然還想多聊一下，不過時間差不多了。轉生的地點在安全的森林裡，你只要朝著風吹來的方向走一段路，應該就能看到城鎮了。」

我知道了！

「那就多保重了！」

好。神仙爺爺也要小心，不要再笨手笨腳了。

「呵呵呵！是啊，我會小心的。那就再會了！」

神仙爺爺說話的時候，我覺得好想睡。

啊，真的可以轉生耶。

✦✦✦

睜開眼睛後，四周一片黑暗。而且好冷。

「這裡究竟是哪裡？我記得神仙爺爺說是在森林裡……但這裡絕對不是森林啊。」

我全身赤裸，不知道為什麼被裝在一個袋子裡。

心一橫撕破袋子後，外面依然一片黑暗。看樣子我是被關在一個小箱子裡了。

「嘿咻！」

腳邊好像有出入口。奮力一踢，門就開了。

「呼，終於出來了。」

從狹窄的箱子裡爬出來，環視周遭後，發現這個房間裡有無數個我剛才踢開的那種銀色門扉。

我在電視劇和電影裡看過。這是停屍間。

「異世界轉生……才怪！」

✦✦✦

本來以為我已經轉生到異世界，結果根本在停屍間。什麼跟什麼啊。

突然，我感覺到腳趾有異物，上面綁著像標籤一樣的東西。

這是為了辨別遺體而別上的標籤吧！不過，正面什麼也沒寫。翻到背面一看……上頭寫著：「抱歉，我又搞砸了。我會想辦法收拾殘局，你再等我一下。」

所以不是讓我轉生到異世界，而是讓我在普通的原本世界裡復活了嗎？

「神仙爺爺……我就說了要小心啊。」

總之，我決定先按照神仙爺爺指示等一下。

✦ ✦ ✦

在那之後過了一整天，我平安回到家了。

接著，有好多警察來家裡，還讓我穿禮服在警察署接受表揚，記者和報導相關人員都爭相問我問題。

被電車撞的事實煙消雲散，我變成捕獲兇犯的神力高中生。好像是這樣。

我完全搞不懂。

「啊，有信。」

寄件人是神仙爺爺。

「對不起啊。因為我笨手笨腳，害你在普通世界復活了。為了讓事情說得過去，所以把狀況改成你沒死。然後沒參加開學典禮是因為你被兇犯襲擊後決定反擊。真的很抱歉啊。雖然算不上是賠禮，但作弊能力我都留著。儘管不是你期待的異世界，還是請多保重啊。」

嗯，還保留作弊能力已經很好了。而且，離開家人朋友我也很寂寞，所以不是在異世界轉生其實完全沒問題。

「總之，還是先為後天上學做準備吧！」

開學典禮是週五。今天已經是週六了。

既然沒辦法參加開學典禮，至少週一第一天上學要提起幹勁才行。

✦
✦
✦

「呃，我是結城幸助。請多多指教。」

第一天上學。沒參加開學新生說明會的我，獨自站在講台上自我介紹。超緊張的。

「他就是神力高中生啊！」

「好厲害，是昨天在電視上看到的那個人。」

「據說他抓到的犯人，體型像職業摔跤選手一樣喔！」

「而且對方還持有武器耶！竟然能打倒那樣的人。」

每節下課休息時間、午休，我都是話題的中心。

然而，沒有任何人向我搭話。

「嗚……好尷尬。」

這所高中是完全中學，有半數的同學都和國中時期一樣。因此，大家早就各自形成感情要好的小團體。

剩下的半數是像我一樣的外來考生，雖然也有人處於孤立狀態，但大家都各自警戒，沒有任何人會主動靠過來。因為神仙爺爺編故事編過頭，導致我馬上就踏上孤立路線。

「結城小弟——在嗎？」

就在我想著這些瑣事時，突然有人叫我。一回頭，發現是個擁有華麗剃髮造型的不良少年正在找我。

「葛西哥正在找他。那個是結城小弟？」

大家的視線都集中在我身上。不良少年似乎也發現了。

「是、是我。」

我畏畏縮縮地舉起手。

「跟我走一趟吧！」

剃髮的不良少年把我帶到體育館的後面。

✦ ✦ ✦

我膝蓋發抖，冷汗也狂流不止。

體育館後方聚集將近十名不良少年。其中有一個看起來像是首領的刺蝟頭不良少年開口說話。

「老子是葛西蒼司。你就是結城？」

「是、是我。」

「真的是你抓到兇犯？」

「是、是我。」

好、好恐怖。他比我還高一個頭。我大概一百六十公分，所以他應該有一百八吧。

「你怎麼抓到他的？對方可是體型壯碩的男人，據說徒手殺過熊，身上還帶著槍。」

神仙爺爺啊！我到底是打倒什麼樣的怪物啊？

「這、這個嘛……我也記不清楚了。等我回過神來就已經抓住他了……」

被報導相關人士追問的時候，我也是這樣蒙混過關的。

「總之，是你打倒他的沒錯吧？」

「這、這個嘛……」

我胸口突然被一把抓住。腳、腳離地、腳離地了！這傢伙到底力氣多大啊！

「蒼司！你在幹嘛？」

正當我亂踢腿時，一名紅色短髮女學生往這裡走來。

是誰？

「是燈啊，妳來幹嘛？」

「什麼叫做妳來幹嘛！隨便把外面考進來的同學帶走，你到底在搞什麼？」

看樣子他們彼此認識。不知道是不是旁邊的不良少年都認識她，所有人都默默看著兩人對話。

「吵死了。我知道了啦，我放開，放開就是了。本來是想說這傢伙很可疑，應該是我搞錯了。」

一瞬間，他鄙視地看了我一眼後，便鬆開抓住胸口的手。我因為剛才腳有點離地，所以沒辦法站好，只能跌坐在地上。好慘。

最後那個叫做葛西的刺蝟頭不良少年，「嘖」了一聲後，就和同伴們一起回到校舍。

雖然很慘，但至少得救了。

「你，沒事吧？」

「啊，是。謝謝妳救了我。」

「沒什麼啦。比起這個，那傢伙找你麻煩，我很抱歉。」

真是個好人。而且，還長得超可愛。

她是何方神聖，偶像嗎？真是美得驚天動地。

「他其實很善良。我之後會好好罵他，所以這次能不能請你原諒他？」

「啊，好。」

因為她實在太可愛，所以我不禁回答「好」。但是，我可沒打算原諒那傢伙！

而且，那種人怎麼可能善良？因為不善良，所以才叫做不良少年啊。而且，竟然還有這麼可愛的女生幫他說話。太令人羨慕了！不知道為什麼，反而覺得更火大。

「謝謝你，那我們回去吧！我送你回教室。」

「啊，好。」

紅髮美女的名字好像叫做月野燈。

我和燈同學一邊閒聊一邊走回教室，同學紛紛趕過來。

「結城同學，聽說你被葛西叫去，沒事吧？」

「是說，你剛才是和燈同學一起回來的吧？你們是什麼關係？」

班長是位黑髮美人，她代表大家發問。

在那之後，可能聊開來大家就知道我也是普通人，所以我終於交到幾個朋友。

就結果來說，被刺蝟頭不良少年叫出去，反而讓我融入這個班級。

嗯……沒辦法，只好原諒他了。

✦
✦
✦

「欸欸，陪我一下沒關係啦。」
「反正妳也沒事吧？那就跟我走吧！」
「不、不要……」
放學回家的路上。為了轉換心情，我走鬧區那條路回家，發現一名戴眼鏡的女孩被舉止輕浮的男人纏上。看制服應該是我們學校的學生。
舉止輕浮的男人中，有一個人的體格非常壯。可能是因為這樣，路人都當作沒看到，就這樣走過去了。
「請，放開我……」
「什麼？妳說話太小聲，我聽不見。」
「妳說要一起去？好耶，原來妳也想去啊！」
戴眼鏡的女孩手臂被抓住，眼看就要被強行帶走。
啊……這下可不能放著不管了。
「喂，人家都說不要了，快點放手。」
周圍的路人紛紛投以「真的假的……」的眼神。我也覺得不可置信。的確，假裝沒看到或許很正常，但我的身體就像拯救神仙爺爺的時候那樣，自己先動了起來。
我也覺得自己這種個性很麻煩啊。真的。
「喂喂，你是想英雄救美嗎？小鬼。」
「你如果不想惹麻煩，就閃遠一點。」
「不不，要閃遠一點的人……是你吧！」
我說話的同時，用力擒抱體格壯碩的男人。
不知道是不是我掌控得當，那個舉止輕浮的男人整個人彈飛，消失在巷弄裡的垃圾堆中。成功了！
「快來！」
「啊，是！」
我就這樣抓著眼鏡女孩的手一同跑了起來。
後方傳來削瘦輕浮男的叫聲，但我決定無視他。
跑了一陣子，抵達離鬧區有一段路的公園。
「妳沒事吧？」
「沒、沒事……呼、呼，我沒事。」
她氣喘吁吁。儘管我們是在逃命，但好像讓她跑太遠了。
「對不起，妳沒事吧？」
「沒，沒事。那個……謝謝你救了我。」

「不不，沒事就好。」

「啊，不過，真的很謝謝你。」

「哪裡哪裡。」

雖然一鼓作氣跑到這裡，但我實在很不會聊天。這個女生好像也不太會說話，我自己也不習慣和女孩子聊天，就地解散應該是安全選項。

「那我們就在這裡……那個！那個史萊姆的鑰匙圈，是那部人氣小說的贈品對吧？漫畫版附的贈品！」

「啊，對。你知道這本小說？」

「當然啊！我沒買到漫畫版，所以沒拿到贈品。」

「啊，我還有另一款喔。因為我買了兩本。」

「喔喔，好厲害！」

之後，我們就開始大聊特聊。從人氣輕小說到小眾漫畫，一聊之下發現我們的興趣很合。偉哉，阿宅文化。

「啊，已經這麼晚了。」

「對啊。」

看公園的時鐘，發現已經超過五點了。現在還是四月，所以太陽已經開始西沉了。

雖然還想多聊一下，不過也沒辦法。該結束了。

「我送妳回家吧？」

「沒關係，我姊姊和朋友已經來到附近了。」

眼鏡同學看著手機畫面這樣說。儘管擔心她又被怪人纏上，不過有人陪她一起回家應該就沒問題了。

「那個……今天真的很開心。以後還想跟你多聊聊。」

「嗯，我也很開心。下次繼續聊吧！」

「好！那就再見了。」

她這樣說完，就朝著和我相反的方向跑走了。

真是一場很棒的邂逅。神仙爺爺，謝謝你讓我復活！

「啊，忘記問她的名字了。」

我也忘記告訴她自己的名字。

嗯，算了。同一所學校的話，早晚都會相見的。

鬧區那裡傳來救護車的聲音，而我則踏上回家的路。

✦✦✦

「呼——終於結束了。」

我花了一整個假日，終於整理完搬家的行李並打掃新家。

「話說回來，這裡還真大……」

環視家中，我再度這麼想。

當初因為想就讀都市裡的學校所以拚命讀書考上這所高中。為了慶祝我考上學力偏差值高、位於札幌的學校，父母答應我可以住在以前祖父母住過的房子裡。我因為這樣可以住在這裡，不過這棟房子有兩層樓，而且面積約有三十坪。

一個人住實在太大了。

而且，我要煩惱的還不只這些。

「啊……果然看得見啊。」

看得見啊。仔細一看，會看得更清楚。

有很多白球般的東西，輕飄飄地飛行。

我大概是兩天前發現的。

我想起神仙爺爺說「會強化你的身體能力」，所以想測試一下視力能好到什麼程度，結果就看見白球物體在飛。

除此之外，還可以看到半透明的人和小老頭之類的東西。那大概就是幽靈之類的存在吧。

雖然視力變好，但我希望可以不要看得那麼清楚。因為這樣，我已經兩天沒睡好了。

「怎麼辦，要找人來除靈嗎？」

正當我在想這些事的時候，看到白球從玄關出去。其他的球體也跟在後面。

「怎麼回事？」

我狐疑地打開門，發現一隻黑貓倒在地上。牠好像受傷了。

白球在那隻黑貓周邊慌忙地亂飛。

「這，也不能放著不管啊。」

我把牠抱進屋裡，輕輕幫牠擦拭身體，用清水沖洗傷口的污漬並用繃帶包起來。我不知道這樣處置是否正確，但總比什麼都不做好。

傷口看起來不深，現在應該暫時沒事才對。

✦
✦
✦

東京都內的某寺院的地下會議室裡，一名青年激動地說：

「沒抓到貓神？你們到底在幹什麼？」

這名發怒的男子名叫火野山業。

五大陰陽氏族世代守護日本。火野山家掌管其中一角，而他就是現任頭領。

「非常抱歉。我們一共派出五十名陰陽術師，但貓神擁有超乎想像的力量。所有人幾乎都身負重傷，剩下的人也都受傷了。」

雖然受到責備，但火野山的部下三鶴城幽炎仍淡然地描述現狀。

「不過，報告指出貓神也身負重傷。我已經在附近的神社佛寺加派人手，埋伏前來療傷的貓神。」

「可惡，算了。那隻貓是土地神，如果牠不在，那片土地就會變成惡靈的巢穴。如此一來，水上氏族就會威嚴盡失。呵哈哈哈哈！這樣潤葉只能投靠我了！」

雖然他這番話令人不快，但部下三鶴城仍然面不改色地聆聽。

「還有，我一定要讓那隻貓來當我的從魔。想辦法把牠找出來！」

「……遵命。」

三鶴城雖然皺起眉頭，但也開始規劃捕捉貓神的新策略。

✦✦✦

「喔，你醒了啊！」

照顧幾個小時之後，黑貓睜開眼睛了。牠睜大眼睛環視周遭，最後盯著我看。

「不用害怕，這裡很安全。你看，有牛奶喔——」

這可不是人喝的牛奶。是我到附近超市買的貓用牛奶。

「剛好我覺得口渴，謝謝。」

黑貓說完就開始舔起盤子裡的牛奶……嗚喔drftgy哇啊lp！

「你會講話啊？」
「啊，不小心就講出來了。嚇到你了，真是抱歉。」
哇——嗯，是說，既然有幽靈、神仙，那有會說話的動物也不奇怪就是了。
「世界上也有會說話的動物呢。」
「看來你沒有太驚訝呢。」
「啊，因為我經歷過更不可思議的事吧。」
譬如神仙爺爺讓我復活之類的。
「原來如此。你還這麼年輕，就經歷大風大浪啊。」
「啊，嗯。」
總覺得牠很有氣勢。這傢伙到底幾歲啊？
「總之，謝謝你幫助我。雖然我很想報恩，但繼續待在這裡恐怕會為你帶來麻煩，只好就此告辭。真的很抱歉。」
黑貓說完就想朝外走。不知道是不是體力還沒完全恢復，牠走路搖搖晃晃的。
「等等，你現在這個樣子，到外面去太危險了。可以暫時先待在這裡沒關係啦。」
「可是……」
「我好不容易救了你，你要是到外面去馬上就死掉，這樣我更麻煩。至少在你養好傷之前，先待在這裡吧。」

「嗯……說得也是。我差點就白費了你的好意。如果你覺得沒關係，那我就再待一會兒。」

「嗯，正好我覺得這裡一個人住太大了。你要是喜歡的話，可以一直待在這裡。」

黑貓決定待在這裡之後，便回到剛才休息的坐墊上。不知道是不是因為終於可以安心，黑貓像昏倒似地陷入沉睡。

已經很晚了。我用浴巾代替毯子蓋在黑貓身上，自己也回到房間睡覺。可能是因為有人在一起很安心，這天久違地終於能夠熟睡。

✦✦✦

昨晚睡得很熟，所以一早就覺得精神很好。遊刃有餘地準時抵達學校。

「早啊。」

「是結城啊，早。」

「早安，幸助！」

現在和我打招呼的兩個朋友，跟我一樣都是外來考生，所以自然而然就湊在一起了。

戴著眼鏡酷酷的知識青年叫做石田成行。差點被歸類為輕浮男的染髮男子是瀧川翔。

第一天上學的時候還擔心以後要怎麼辦，現在能像這樣交到朋友，真的是太好了。

「潤葉同學，妳沒事吧？」

「一定能找回來的。」

打完招呼之後，發現教室的一隅有點騷動。

「欸，為什麼只有那裡鬧烘烘啊？」

「啊，好像是水上同學家養的貓吧？不知道跑去哪裡，所以她很難過。」

我把視線轉向騷動處，看到從未如此失落的班長。班長叫做水上潤葉，她擁有一頭黑長髮，身材完美而且外表出眾，是我們班一等一的美女。

班上無論男女同學都很喜歡她，所以擔心班長的人漸漸聚集在一起。

如果可以的話，我也想幫她找貓。

畢竟這個班上第一個開口跟我說話的人是班長，因為這樣我才能順利融入班級，所以我對班長還是有感激之情的。

「不過，走失的是貓……還真的不知道要去哪裡找呢。」

找到的話就不著痕跡地告訴她吧！

我一邊這麼想一邊努力上課。

✦✦✦

回家的路上，我使用神仙爺爺強化過的聽力和視力，邊走邊找水上同學養的貓。據說貓的特徵是金色的皮毛。

這麼顯眼應該會馬上找到，但遲遲沒看到貓的身影。

「嗯？那是什麼？」

不經意地抬頭看天空，發現有一隻奇妙的鳥正在飛。身體呈淡藍色，看起來有點像人造物。而且仔細看的話就會發現，鳥身上連著細繩。

難道是新型的無線電？不對……

「媒介是紙，這應該是式神。從術式來看，只是單純在偵查而已，應該沒有戰鬥能力。施術者靠那條細繩共享視覺、聽覺……咦？」

嗯？我為什麼會知道啊？這應該是我第一次看到，卻知道架構和做法。

「該不會是……」

我想起神仙爺爺說過的話。

「也提升一下你的技能學習能力。這樣無論什麼魔術或武術，只要看一眼就能學會了。」

騙人的吧？不僅沒有任何基礎知識，就連有這種東西的存在都不知道，這樣也能學會喔？

「既然如此，那我也能操縱式神術之類的東西囉？」

我心想之後要來試試看，所以決定再觀察那隻式神一下。

有一瞬間，我覺得眼神和它對上，是我想太多了嗎？

既然要找的貓好像不在這裡，繞路就繞到這裡為止，回家吧！

✦✦✦

「應該不是……看見式神了吧。只是剛好抬頭看天空吧？」

施術者水上潤葉回想透過式神看見的光景後，喃喃自語。

為了搜索行蹤不明的貓神，操作偵查用的式神時，她感受到同班同學結城幸助透過式神和自己的眼神相會。

然而，這種事不可能發生。式神以特殊的術式加工過，就算有點靈感能力也不會看到式神。

「不過，看樣子貓神不在那裡。希望貓神沒有捲入什麼麻煩……」

想著仍然行蹤不明的貓神，水上派式神飛到其他地區繼續尋找。

✦✦✦

「我回來了——」

「嗯，歡迎回家。」

黑貓回應我的話，走到玄關來迎接我。

果然，有人在比較安心啊。這個家一個人住真的太大了。

「啊，白球不見了。」

「我請祂們都到庭院去。只要好好溝通祂們都能理解，還說只要讓祂們繼續待著，去哪裡都可以。」

我拜託黑貓，幫忙處理家裡的白色光球。看樣子黑貓已經和白球談好，說服祂們都到庭院去。

這棟房子外圍有一人高的圍籬，後面有一片寬敞的庭院。以前好像是個小菜園，但現在只剩一棵蘋果樹，而且雜草叢生。庭院啊……所以白球都在那裡嗎？

「哇喔……」

仔細一看，庭院中的白色光球到處飛舞。就像下雪一樣美麗，但有點恐怖。

嗯，總比祂們都在家裡好。這樣我就可以一夜好眠，也能集中精神在自己的嗜好和學習上。

「好，到晚餐還有一段時間，那就來做做看吧！」

我在置物堆裡找到沒用完的宣紙，裁切成鳥的形狀之後用毛筆寫上術式。

「你在做什麼？」

「我在回家的路上看到式神，所以想要做做看。」

「你只是看過就能做出式神嗎？」

「應該吧！」

這樣就完成了。接下來應該是要灌注什麼神奇能量，就完工了吧？

「喔，你寫的術式還真漂亮。」

「你看得懂嗎？」

「嗯，這是我常見到的術式啊。不過，很遺憾，我在你身上感覺不到靈力。你大概沒辦法操縱這個式神吧？」

「靈力？」

「嗯。用一般的說法來表現，就是所謂的生命力。也有人稱為妖力或魔力。主要是從靈魂中產生的力量，這份特殊的力量可以干涉這個世界的事物。」

原來如此，看到式神時感覺到的神奇能量就是所謂的靈力吧？

嗯?等一下。

「我沒有靈力……生命力嗎？」

「抱歉，我說明得不夠清楚。你只是沒有能夠溢出身體的多餘靈力而已。我沒辦法感受你體內的靈力，但你還活著就表示你具有生命活動必要的靈力。應該是生成量和消費量很均衡，所以沒有多餘的靈力。」

我慌了。事實上我已經死過一次了。我在想，會不會是我沒有自覺，但其實自己已經死了。

「不過，式神這個東西必須靠身體多出的靈力才能驅動術式。如果沒有靈力的話，你做出來的式神和各種術式都沒辦法動。」

「真的假的……」

好震驚。召喚式神！我本來想試試看的。

……不，沒試過怎麼知道不行！

「召喚式神！」

我把手放在宣紙上，試圖灌注靈力之類的東西。結果，宣紙鳥慢慢變成立體形狀，成為一隻白色烏鴉。

「完成了！」

「你在做什麼！」

黑貓生氣了。

「身體怎麼樣？會不會頭昏腦脹、四肢無力？」

「沒、沒事啊。沒有感覺。」

這些藥物副作用般的項目是什麼東西？黑貓好像很擔心我，到底怎麼了？

「真是的……沒有靈力的人勉強使用術式，就會消耗體內的靈力。也就是說，會消耗你維持生命所需的靈力。一個弄不好，你會死的。」

「真的假的……」

好危險，我差點又死了。

「不過……使用體內靈力之後，你身體也沒有什麼變化。就算用量不多，使用之後應該也會出現某些症狀或後遺症才對。」

「我可沒有忍耐喔。真的沒感覺。」

「嗯……」

黑貓沉思了一會兒，看著我做的式神。

「不會吧……不對，不可能啊……嗯……」

黑貓一直在喃喃自語。

「看樣子我剛剛的說明有誤，你可以使用術式。」

「咦，真的嗎？」

「嗯。不過，你要是覺得不舒服，就要馬上停手喔！」

「我知道了！」

喔喔喔喔喔！好開心！

身為阿宅的一員，對這種神奇能量最沒有抵抗力了。我好想和無數名作中的主角一樣，使用神奇能量！

「那就打鐵趁熱。我要怎麼操作這個式神啊？」

「嗯。只要把靈力化成細繩，就能如你所想地操控式神。」

「這、這樣嗎？」

我從指尖延伸出靈力繩，繫在鳥尾上。結果，鳥如我所想地動了起來。

「它能做哪些事呢？會噴火還是閃電之類的……」

「這是偵查用的。在式神當中，屬於最沒有戰鬥力的種類。不過，相對地它可以飛很遠，速度也很快。」

「喔……」

雖然因為學習能力提升，我已經隱隱察覺，這果然是很弱的式神。

「但是你可以和式神共享感官，能看到很遠的東西。」

「能共享感官是很厲害，不過就使用方法來說，和操作無人機沒什麼兩樣啊……但這樣就夠了啦。趕快來試試看！」

「等等，在你讓它飛到遠處之前，最好先給它一個斷線時的命令。」

「命令？」

「如果受到什麼影響，截斷了你們之間的聯繫，式神就會變成一隻不會動的白鳥。所以你最好先給它『如果連結斷了，就要飛回來』的命令。」

「原來如此……」

這樣還真方便。我按照黑貓說的，先下了「如果連結斷了，就要飛回來」的命令。

我還順便下了一道「如果遭受襲擊，要反擊但不能殺了對方」的命令。

「這種命令可能沒什麼用。畢竟這類式神真的很弱。野生的烏鴉可能比它還強。」

「真的假的……」

嗯，算了。應該也沒什麼需要對戰的機會。

「好，飛吧！」

白烏鴉充滿活力地拍動翅膀。

✦ ✦ ✦

札幌市內的某寺院——

「氣炎大人，歡迎您大駕光臨。」

「哼，就是因為你們太沒用，害我要跑到這麼遠的地方。可不是我自己想來才來的，混蛋！」

對著出來迎接的陰陽術師臭罵一頓的人，正是火野山家陰陽術師首領之一的氣炎剛毅。

擁有孤身一人牽制鬼神的戰鬥力，侍奉火野山家的陰陽術師中，實力算是首屈一指。

他的殲滅術技巧高超，在所有陰陽術師中無人能出其右。

「為什麼我非得到北海道來找一隻貓啊！三鶴城這傢伙，給我記住！」

他到札幌來，就是為了尋找行蹤不明的貓神。

氣炎雖然擅長讓整片土地變成荒地的大範圍殲滅術，但戰鬥以外的陰陽術操控得並不好，對他來說在住宅區找貓神，顯然並非適合的任務。然而，挑選他來執行這項任務的三鶴城幽炎早就已經打好算盤。

讓氣炎在無法動用實力的環境下行動，一方面可以防止他暴走，又能充分使喚他。而且，讓任性又獨善其身的氣炎加入，可以刺激參與相同任務的人。

氣炎如三鶴城所料，在不知不覺使得周遭陰陽術師變得焦躁。此時，氣炎發現某種異常現象。

「那是什麼？」

「那是……偵查用的式神！」

抬頭一看，發現寺院上空有一隻白色烏鴉飛過。

偵查用的式神。聽到這句話的氣炎，表情彷彿看到獵物的野獸，開始對周遭的陰陽術師下達指示。

「來得正好，打開結界！」

「雖然是第一次看到這種形狀，不過那大概是水上家術師放出來的式神。打開結界的話，式神的連結斷掉，施術者就會知道有異狀了。」

「現在才說這種話！讓貓神逃走的時候，我們就已經被懷疑了！那個式神就是證據！」

氣炎指著那隻白烏鴉說。他說得沒錯，被說服的陰陽術師們聽從指示，開始製作結界。

「連結切斷之後，我會在式神自毀前抓住它。之後再從殘骸找出施術者，到時候我們就可以上門找碴了。」

「遵、遵命。」

在未經許可的狀態下，派式神到其他派系的寺院等於是在宣戰。

就算被攻擊也無話可說。

「結界完成了！」

一名術師喊出聲。透明的結界彷彿包圍整座寺院占地般，包覆白色烏鴉和寺院。

切斷連結的烏鴉當場開始懸浮，正要切換成自動操作的模式。

「太慢了！」

偵查用的式神沒有戰鬥能力。因此，施術者通常會對式神下一道「連結中斷時必須自毀」的命令。如此一來，別人就查不到施術者是誰。

然而，氣炎不能接受這樣的結局。在式神切換到自動操作的短暫時間內，他放出含有靈力的符咒。

符咒在空中燃燒，變成巨大的火焰彈衝向白色烏鴉。接著出現壓迫結界般的衝擊，白色烏鴉被爆炸的火炎包圍。

「哼，都是因為太煩人了，我才會失手。」

對付偵查用的式神，這明顯是過度攻擊，但周圍的陰陽術師們都噤聲不語。看到這樣的光景，當然要盡可能不觸怒氣炎。

施術者本人因為自己燒毀對方行蹤而焦躁，現在眼看就要爆發了。

其中，有一名術師發現異常。

「白、白烏鴉，還在！」

現場的每個人，聽到這句話都往爆炸煙霧的方向看過去。等煙霧散去，毫髮無損的白烏鴉還在那裡。

「真的假的……」

仔細觀察後，發現烏鴉並沒有自毀的跡象。不僅如此，還能感覺到式神盯著氣炎看，好像懷有敵意。

氣炎也沒有掩飾自己的震驚，反而瞪大眼睛。接著，他浮現野獸般的笑容，開始唱誦術式。

「真有趣！炎、放、多、彈、『連燒炎壁』！」

撒向空中的符咒，每張都變成灼熱的火球，衝向白色烏鴉。火球越往前就會分裂得越小，變成無數個細小的火球。因此，變成炎壁的細小火球，讓白色烏鴉毫無迴避的餘地。一擊必中。

然而，術師們對白烏鴉出乎意料的行動感到驚訝。

「嗯？」

「怎麼可能！」

「到底怎麼辦到的？」

白色烏鴉沒有迴避炎壁，而是朝炎壁中央突擊。接著，它靠釋放出自己靈力而產生的衝擊波，白烏鴉突破了炎壁的攻擊。

「原來如此，用盡靈力彈開我的爆炎啊！」

氣炎並不打算靠這次攻擊收拾那隻烏鴉。為了找出受炎彈攻擊還能毫髮無傷的原因，氣炎動用讓對方無處可逃的攻擊，逼對方露出迴避攻擊的方式。

烏鴉雖然沒事，但氣炎的策略可以說是成功了。

「既然是彈開，那我只要加強威力就能滅了它！炎、砲、滅、誘、爆、『滅炎追擊彈』！」

蘊含大量熱能的炎彈變成光彈，衝向白色烏鴉。

判斷無法迎敵的烏鴉，開始躲避光彈。然而，光彈卻改變運行軌道，緊追在烏鴉身後。

「它沒撞上目標可不會消失。來，看你要怎麼出招！」

烏鴉的速度比一般式神快多了。然而，光彈的速度比烏鴉更快。光彈和逃亡的烏鴉之間，距離漸漸縮短。

然而，眼看光彈就在背後，烏鴉也不顯焦躁。下一個瞬間，烏鴉對著後方釋放靈力波。

「怎麼會，竟然可以往後攻擊！」

因為烏鴉向後釋放靈力波，使得光彈的速度慢了下來。而且，烏鴉自己也開始加速。

這個光景不僅氣炎本人，就連全程見證這場戰鬥的術師都隱藏不了驚訝之情。

畢竟擁有靈力波攻擊能力的偵查用式神，根本前所未聞啊！再加上它的狀況判斷能力已經能配合現場狀況，作出精準的回應。表示烏鴉已經具有足以匹敵高級戰鬥用式神的思考能力。

然而，令術師們驚愕的事實還沒有結束。

被光彈追擊的烏鴉雖然向後釋放靈力波，卻沒有拉開兩者之間的距離。它在光彈已經非常接近的時候垂直下降，藉由在撞擊前離開，讓一顆光彈撞上建築物。

「那、那是販售護身符的地方啊！」

住持悲痛的叫聲，響徹雲霄。

寺院用地的一隅設有防禦結界，非戰鬥員們聚在結界內看著這場戰鬥。

住持親眼看到護身符販售處被毀，整個人腳軟跪在地上。

「哈哈哈哈！第一次看到有人用這種方法躲避『滅炎追擊彈』！真有趣！出來吧，爆鬼！」

氣炎毫不在意住持的心情，召喚出更強大的破壞力。

氣炎背後的空間扭曲，出現爆炸般的火焰。接著，渾身被爆炎包圍的鬼神現身了。

「啊，那是氣炎大人的從魔。」

「氣炎大人認真戰鬥時才會召喚的爆炎鬼神？」

「大家快躲起來！」

術師們紛紛逃往非戰鬥員避難的結界內。

氣炎剛毅支配的從魔「爆鬼」。祂的外表誠如其名，就是能夠操縱爆炎的妖怪。

和氣炎一樣，擅長大範圍攻擊，能從雙手雙腳以及背上的鬃毛等部位釋放爆炎。祂一旦抓狂，周邊就會陷入一片火海，所以召喚爆鬼之後，身邊的人必須迴避。

「我的……寺廟啊……」

了解這隻鬼怪本質的住持，看著天空流下眼淚。

「上吧！」

「吼啊啊啊啊啊！」

伴隨氣炎的喊聲，爆鬼也對白烏鴉發出咆哮。

烏鴉承受連結界都為之震動的咆哮，仍在空中不為所動，沒有受到任何影響。

而且，還把鳥喙往上抬，一副「放馬過來」的樣子，挑釁似地睥睨氣炎與爆鬼。

「散炎彈！」

氣炎對著烏鴉抬起手，手臂上的紋路便開始脈動，釋放出火焰的散彈。事前先在手臂上篆刻術式，就不必以符咒為媒介，連唱誦咒語的時間都能縮短。然而，這需要高度的靈力操作能力，能使用這種技巧的術師並不多。

「可惡！」

高速飛來的火焰散彈，每顆都具有手榴彈般的威力。然而，烏鴉連擦身而過的機會都不給，全部漂亮閃過。

「爆鬼！」

「嘎啊！」

然而，爆鬼預測到躲避的路徑早就等在那裡，導致烏鴉在極度近距離的狀態下承受爆炎。

見證這場戰鬥的術師們都感覺到戰鬥已經終結，而與烏鴉對峙的氣炎，眼中卻出現不同的光景。

「有兩下子嘛！」

烏鴉穿越爆炎，毫髮無傷地飛翔。即便是在極度近距離的狀態下承受爆炎，也能用靈力將攻擊反彈。

「不過，這樣做未免太沒效率了。」

氣炎再度釋放散炎彈。這次範圍更大、速度更快。

烏鴉已經無法避開，只能用靈力防止散炎彈攻擊。接著，等待已久的爆鬼再度釋放大範圍的爆炎。

「再這樣下去，狀態只會越來越差。」

「不，氣炎大人就是在等這個時間點。」

資深術師對那些還不會式神術的術師們這樣說明。

如果是用靈力繩連結，那麼式神就能靠術師提供的靈力長時間行動。然而，中斷連結的式神只要用光體內的靈力，術式自然就會瓦解。

偵查用的式神相較之下比較節省能源。不過，如果像剛才那樣為了防止爆炎攻擊而持續使用靈力，那就撐不了多久了。

「氣炎大人也是知道這一點，才會採取這樣的攻擊方式。慎重迎戰的話，不需要消費這麼多靈力也能打倒對方。不過，難保那隻烏鴉還另留一手。所以才要在短時間內用光那傢伙的靈力啊！」

資深術師深深折服於氣炎的判斷能力。

那隻烏鴉有可能是為了執行某策略想爭取時間才送過來的。考量這一點，氣炎選擇短時間決戰，其實是最好的方式。

「啊哈哈哈！臭烏鴉，你還真是厲害！」

不過，除了本人之外，沒人知道氣炎只是單純想大鬧一場而已。

結界內到處都是爆炎和爆炸聲。烏鴉完美躲避、防禦、抵消這些攻擊。

結束之後，發現這場戰鬥完全出乎術師們的預料，時間長達兩小時。

「怎麼可能……」

「氣炎、大人……」

這是在目擊者心中留下深刻印象的歷史性一戰。而掌控這場戰鬥的人就是——

✦
✦
✦

「——烏鴉終於回來了啊！」

我到緣廊等了一會兒，白烏鴉就回來了。好冷。

連結突然斷了，我還想說發生什麼事。本來以為是不是被其他烏鴉欺負，不過看它並沒有受傷。應該是我想太多了。

「要怎麼做這隻烏鴉才會消失？」

「嗯，這老身也不知道。不過，你只要放著不管，等它體內的靈力散盡就會變成一般的紙了。」

「原來如此。那你就在客廳自己休息吧！」

烏鴉點了個頭，慢慢走向客廳。

「好，天已經黑了，吃完晚餐我們也來休息吧！啊，得去買貓飼料才行。」

「等等，老身不需要那種東西。吃你平常吃的就可以了。」

「你在說什麼啊！你吃和人類一樣的東西對身體不好，尤其是蔥之類的。」

「不，老身無所謂啊……」

「我去買一下就回來，那就拜託你看家。」

「不，我……」

今天又安穩地過了一天。

✦
✦
✦

「好厲害……真的好厲害。」

水上潤葉回顧眼前的光景，表現出興奮之情。

「竟然能打倒火野山同學家的氣炎先生和爆鬼。那隻白烏鴉到底……」

水上偶然透過式神的眼睛目擊到寺院那場白烏鴉和氣炎的那場大戰。

寺院布下的結界，讓外面無法聽見聲音或看見影像。然而，像水上這種等級術師，還是能輕而易舉地看到裡面的狀況。

「那隻烏鴉回去的方向……該不會是，結城同學？」

水上想起在目擊白烏鴉大戰前，透過式神眼神交會的青年。

「當時覺得是偶然對到眼，難道，他真的看得見？」

這麼說來，聽說他沒出席開學典禮是因為逮捕兇犯。既然如此，至少他應該不是普通的一般人。

水上這麼想，而且下定決心。

「如果他真的是能打倒氣炎的陰陽術師，或許他會知道找出貓神的術式。嗯，明天去問問結城同學吧！」

結城幸助安穩的日常，漸漸開始崩毀。

第2話　面具陰陽術師

「早啊，幸助。你聽說了嗎？昨天發生的大事。」

「大事？」

「什麼啊，你沒看新聞？真的是資訊弱者耶。」

一大早就被瀧川和石田調侃，不過他們也告訴我新聞的內容。

好像是市內的寺院突然著火，建築全部都被燒毀了。幸好只有一人被送到醫院救治，其他沒有人受傷。

「然後啊，那座寺院離我家很近，但我完全沒發現耶。也沒聞到煙霧的味道。」

「嗯，應該是被氣流影響吧。剛好氣象條件讓煙霧不容易滯留而已啦。」

「是這樣嗎？嗯，算了。」

我完全不知道有這種事發生。雖然不知道原因，不過以後瓦斯開關一定要鎖緊。

「那個，結城同學，可以過來一下嗎？」

「咦，水上同學？」

突然被叫到名字，一回頭發現是班長水上同學。嚇我一跳。而且，近看覺得她更可愛。

「放學後，如果有時間的話，能不能請你到中庭來？」

「啊，嗯。當然可以！」

「謝謝，那我等你。」

她留下這句話，就回到自己的座位上。

女同學紛紛發出尖叫，男同學一副要流出血淚似地瞪著我。

「幸助……你這個叛徒，啊啊啊啊——」

瀧川邊叫邊踢我的小腿骨，然後衝向走廊。好痛。

「那傢伙真是個笨蛋。」

「嗯。」

石田還是像平常一樣。

今天完全沒辦法認真聽課。

放學後，我一到中庭，就看見水上同學已經坐在長椅上等我了。

原來她已經先到了，我立刻小跑步趕過去。

「抱歉，結城同學，突然約你出來。」

「不，沒關係。真的，沒關係。」

糟了。太緊張導致選詞的能力都消失了。怎麼辦，這種時候要怎麼搭話呢？

「那個，結城同學，我可以握你的手嗎？」

「可、可以！」

聽到回答之後，水上同學溫柔地握起我的手。好、好滑嫩。而且好柔軟喔！

「……謝謝你。那個，很抱歉。好像是我搞錯了。」

「咦？」

「啊，對了，我沒想到班上的同學會這麼激動。針對這一點我也很抱歉。我會告訴大家是我搞錯了。」

「嗯，咦？」

「那就明天見了。」

水上同學說完就離開中庭了。咦？為什麼？

我愣愣地站在原地，有人從背後拍拍我的肩膀。

「同志啊！」

站在那裡的是一臉同情的瀧川。總之，我先踢了他的小腿骨。

✦ ✦ ✦

「呃，這裡是……」

「氣炎，你醒了啊！」

市內綜合醫院。醫院的某個病房裡，氣炎剛毅剛醒過來。

他身邊的三鶴城幽炎正以熟練的刀法削著蘋果。

「放心，這裡是醫院。吃點蘋果，休息一下吧！」

氣炎對遞過來的蘋果投以驚訝的眼神。因為削好的蘋果，全都被切成兔子形狀了。

不過，自己的確是餓了。雖然一臉不悅，氣炎還是吃了蘋果。

「事情的經過我已經聽現場的術師們說過了。你是和突然出現的鳥形式神交戰，用盡靈力才會這樣。」

「哈，你是為了嘲笑我，特地從東京趕過來的嗎？」

「不。同樣身為陰陽師首領，我很在意能打倒你的人。如果真的有那樣的對手，火野山家的情況就不妙了。」

「啥？為什麼會不妙？」

「我聽在場的術師說，鳥形式神和水上家的術式很像。」

「啊，我記得的確有人這麼說過。」

「我們的家主聽到這件事，剛才已經前往水上家了。說是要求要『神前對決』。」

「噗。」

出乎意料的發展，讓氣炎不禁噴出嘴裡的蘋果。

「神前對決」是為了解決陰陽術師間引起的紛爭，而採用的一種高級儀式。彼此必須賭上真相或物品，贏者可以獲得賭注。

而這次的騷動，其實是火野山家擅自襲擊水上家侍奉的貓神，而火野山家遭到報復而已。

一般來說，這點程度的事情絕對不會輕易採用神前對決的儀式。這就是氣炎噴出蘋果的原因。

「啊哈哈哈！我們家的家主，還真是沒用啊！」

「……」

本來三鶴城應該會要求對方修正對主人的無禮言詞，但他反而默認了。畢竟三鶴城自己也對現在的家主有所不滿。

「……我們在五行當中好歹也是僅次於『金』的大派系。水上家的家主應該知道，拒絕我們會有什麼下場。」

「和某家的家主不同啊！」

三鶴城靜靜聽著氣炎再三說出無禮的話。

「水上家的家主應該是不得不參加這場對決。大概近日就會舉行了。」

「原來如此。」

然而，三鶴城最在意的並不是這場對決本身。

「如果打倒你的陰陽師就是水上家的人……那這次對決他一定會出現。」

「！！！」

「雖然不知道他的技藝有多高超，但光憑一隻偵查用的式神就能撂倒你……神前對決對我們來說非常不利。」

無視三鶴城的不安，氣炎的笑容顯得更深沉了。從氣炎的表情可以看得出來，他很開心也很期待能和那隻式神再度對決。

「……總之，對決應該會在近日舉行，你在那之前得養好身體。」

「好！」

氣炎朝氣蓬勃地回答，響徹整個病房。

✦
✦
✦

在那之後，過了三天。

水上同學說她搞錯了的時候，我雖然很受傷，但現在已經痊癒了。同時，也沒有人再提起那件事。

我聽說，從國中時期就存在的地下組織「水上同學後援會」出馬，把這件事壓下去。確認不是告白之後，他們透過完美的資訊操作，把這個傳言完美抹去。

如果真的是告白，那被抹去的可能就是我了……這一點我最好銘記於心啊。

總之，我一大早起來就開始做苦工，但做到一半有了新的發現。

「嗯，最近的年輕人還真是勇猛啊！」

「不不，不是大家都像我這樣啦！」

祖父母那一代就使用的洗衣機壞了，今天送來新的。雖然說是新的，其實也是老家用過的，不過還堪用，所以沒問題。

因此，我請回收業者來把舊洗衣機載走，打算馬上來設置新的洗衣機時……怎麼回事？好輕喔！我還以為是保麗龍。

「這應該也是神仙爺爺的傑作……」

「嗯？神仙？」

「不，沒什麼啦！」

我想起神仙爺爺說會「強化身體能力」。一定是強化後才有這樣的效果。

不過，將近四十公斤的洗衣機像保麗龍一樣輕……神仙爺爺，這未免強化過頭了。

「你還真是不可思議耶。感覺不出來擁有靈力，卻能像那樣使用式神術，而且還一身怪力。」

黑貓看著一直盯著電視的白烏鴉這麼說。

結果，白烏鴉過了三天也沒有消失。應該是說，完全感覺不出來有要消失的跡象。它今天也看著節目表，預約今天晚上的音樂節目。

「對啊，我也覺得很不可思議。是說，我個人也很想安穩地度過一生啊。」

雖然擁有些許能力令人感激，但我也沒有特別想做什麼事。

我完全不會想變成名人。與其被大家追捧而失去自由，低調地大量閱讀漫畫和輕小說，度過充實的阿宅生活，比較符合我的個性。

「你還真是無欲無求。不過，特別嚮往安穩的生活就是了。」

「能被貓這麼說，我很光榮。」

我和貓一邊閒聊一邊吃完早餐。今天吃火腿蛋配即溶味噌湯。我很喜歡蛋黃半熟黏稠口感。

黑貓則是吃貓飼料。剛開始黑貓經常抱怨，吃過之後發現頗合胃口的樣子，現在吃得很開心。畢竟這是一點五公斤就要價四千日圓的貓飼料啊，如果牠不喜歡的話，我就頭痛了。

「對了，老身今天要出門一趟。」

「出門？有貓咪聚會嗎？」

「那是每週三，不是今天啦。」

我本來是開玩笑的，結果沒想到真的有貓咪的聚會。

「我不是要去聚會，只是想說回我原本住的地方看看。託你的福，身體已經復原了。」

「喂喂，你可別再受傷了。」

「沒事。一樣的陷阱，我可不會再中第二次。只要不中陷阱，老身一定會贏的。」

陷阱……牠該不會是去破壞附近的田地吧？不過，這應該也是大自然的法則吧？我想這麼多也沒用。

「那你就萬事小心囉。」

「嗯。」

✦
✦
✦

地點換成午後的校園。

下午的課開始前，水上同學慌慌張張地收拾書包，提早回家了。

「咦？水上同學早退了嗎？」

「好像是啊，難得她會早退。」

石田好像也不知道發生什麼事。應該是說，她什麼都沒說就回家，沒人知道她早退的原因。

「不是因為幸助的關係嗎？你被水上同學叫出去的時候，不是說了什麼嗎……嚇！」

班上幾名男同學，一起瞪著瀧川。他們就是地下組織的成員。原來是像這樣消滅傳聞的啊，好恐怖。

「總之，今天也要好好用功。」

今天又安穩地過了一天。

✦ ✦ ✦

「貓、貓神大人！」

「嗯，是水上潤葉啊。我離開祠堂，真是抱歉。」

一隻金色的獅子，降臨在市內的某座小山。祂就是這片土地的守護者，也是最強最知名的妖怪「貓神」。

得知貓神回來，水上家的陰陽術師將這座山擠得水洩不通。其中，下一任家主水上潤葉比任何人都欣喜於貓神回歸。

「貓神大人，您沒事真是太好了。」

「是龍海啊，抱歉也讓你擔心了。」

從術師群中出現的是水上家現任家主，也是潤葉的父親——陰陽術師．水上龍海。

他的眼周已經出現黑眼圈，看得出來有多麼疲勞。

「龍海，老身不在時發生了什麼事？」

「是，其實……」

雖然對方並沒有承認，但這次襲擊貓神大人的確實是火野山家。另外，隸屬火野山家的寺院被謎樣的式神攻擊，導致水上家被懷疑。火野山家為了找出真相，要求神前決戰。龍海簡潔地說明了來龍去脈。

「襲擊對方的式神，真的不是你們放出去的？」

「當然。水上家最優秀的式神術師就是小女潤葉，不過憑她的實力還無法打倒這次襲擊中受害的氣炎大人。況且，還只是用一隻偵查用的式神，這根本不可能。」

「氣炎，是那隻爆鬼的主人嗎？」

「沒錯。」

「你說他被偵查用的式神撂倒了？」

「是。」

貓神用懷疑的眼神看著龍海，之後馬上露出恍然大悟的表情。

「你知道式神長什麼樣子嗎？」

「我透過式神的眼睛看到那一戰。對戰的是一隻白色烏鴉樣貌的式神。」

「！！」

聽到曾經觀戰的水上潤葉報告，貓神非常驚訝。而且露出困惑又好像了解什麼的表情。

「貓神大人，您知道些什麼嗎？」

「嗯，那個式神……」

話說到嘴邊，貓神便閉口不語。因為貓神想起，救了自己的少年不經意說過「想安穩地度過一生」。

「不，抱歉。是我想太多了。」

「這、這樣啊……」

看到潤葉一臉失望，貓神接著問：

「妳在找那名術師？」

「是……照這樣下去，我們水上家在神前決戰一定會輸。所以，我想請那位術師來幫忙……」

潤葉解釋，這場決戰出場的對手有操控爆鬼的氣炎剛毅、和氣炎擁有同等能力的式神術師三鶴城幽炎、火野山家現任家主火野山業等三人。

水上家是提倡與妖怪共存的派系，透過和貓妖之類的妖怪建立友好關係來守護人類。因此，戰鬥經驗和其他派系相較之下少很多，而且因為和妖怪是合作關係，所以不會像從魔術師一樣操控妖怪。

反之，火野山家是專為戰鬥而存在的派系，靠著殲滅傷害人類的妖怪建立起現在的地位。

這種背景的兩大派系相爭，不用想也能知道結果。水上家毫無勝算。

「嗯……」

金獅子沉思了一會兒，便作出結論。

✦✦✦

「咦？對決？」

「嗯，最近會舉辦一場陰陽術師之間的大型對決。你能不能參加？」

一回到家，黑貓就說了奇妙的話。陰陽術師的，對決？

「你說參加，我可是外行人喔。陰陽術我頂多也只能做出那隻烏鴉而已。」

我望向興致高昂地鑑賞音樂節目的白烏鴉。

「不，能做出那種程度的式神就已經很足夠了。不過，我不會勉強你。畢竟對決雖不至於會死，但有可能會受傷。相對地，你如果願意參加，我會盡我所能答謝你。」

既然說出陰陽術師這種單字，表示黑貓果然是妖怪之類的存在。

而且，這是對決耶。雖然不需要黑貓的謝禮，但對決本身我倒是很有興趣。參加的話，應該就能看到各種陰陽術。

雖然我想低調處世，但同時又很好奇，想用用看其他的陰陽術。

「真的不會死吧？」

「嗯，這我可以保證。萬一有危險，老身會盡全力阻止。」

真不可靠。不過，安全的話，參加也無所謂啦。但是——

「——可以匿名參加嗎？」

「沒問題。」

好，那就參加吧！

✦✦✦

「姊，這樣應該很足夠了吧？」

「不，還不夠。上次看到的白烏鴉，可不是這種等級。」

水上家的本家寺院裡，兩名少女正在修煉術式。決勝用的巫女服已經衣衫襤褸，可見得兩人的特訓有多激烈。

「貓神大人不是說會帶那隻烏鴉的主人回來嗎？姊姊不用這麼拚命也沒關係啦。」

「潤奈，妳在說什麼啊！就算真的沒問題，我們也不能依靠別人解決自己家的事情。而且，對決是三對三的團體戰，無論那個人有多強，只要我們扯後腿就可能會輸啊！所以，我們一定要抱著至少打倒兩個人的決心才行。」

「……既然姊姊都這麼說了，那我知道了啦。」

被稱為姊姊的女性，就是幸助班上擔任班長的才女——水上潤葉。和她神似，只是臉龐稍微稚嫩的少女則是水上潤奈。她是潤葉的親妹妹。

潤葉和潤奈在水上家的術師中，實力堪稱頂級。因此，這次將由她們代表水上家參加對決。

「來，我們還要繼續練！」

「好啦——」

平常寂靜的寺院庭園裡，傳來兩名術師激烈的訓練聲。

✦✦✦

在那之後經過兩天。對決是今天晚上，我現在覺得非常焦慮。

「既然是這麼重要的對決，就要先講清楚啊！」

「抱、抱歉。老身只想著要找你參加，忘記告訴你對決的原因了。」

這隻貓好像真的是忘了。

我想說，既然像我這樣的外行人也能參加，這應該是能輕鬆參賽的陰陽術師業餘大賽之類的活動……結果根本就不是這樣。

陰陽術的兩大派系，賭上自己的威信對決，似乎是非常重要的一戰。

「所以，我為什麼會變成其中一方的代表？」

據說是雙方要各派三名術師參加的團體戰，而我就是其中一員。

「這、這個嘛。我和你這次代表的水上家交情深厚啊。照這樣下去他們會輸，所以問我認不認識優秀的陰陽術師，老身就想到你了。」

不對不對，什麼跟什麼啊。

我不是什麼優秀術師，只會做隻烏鴉而已耶。況且，我在一週前才知道世界上有陰陽術師這種東西。

「忘記告訴你真的很抱歉。不過，你可別因為代表參戰就逞強。是我勉強你參加的，就算輸了，也不會有人埋怨你。」

話是這樣說啦……不過，當初沒問清楚就答應，我自己也有錯。既然黑貓都說我不用逞強，那就輕鬆上場吧。

雖然對水上家的各位很抱歉，不過，就算輸了也是他家的事。

「時間差不多了。你準備好了嗎？」

「嗯，應該沒問題。」

為了方便活動，我把應該會用到的東西裝進腰包裡。然後戴上多黑A夢給我的面具，造型是個看起來好像很睏的能面。

這好像是可以阻礙他人認出我的特殊道具，能讓人無法辨識我的身高、聲音等個人特色。因此，只要戴著這個面具，無論怎麼觀察，也只能判別性別而已。而且由內往外看時是透明的，視線也不會有阻礙。

這個道具非常適合匿名參戰的人。

「老身載你到會場，上來吧！」

黑貓這樣說完之後，渾身充滿黑暗並且一邊膨脹，最後變成一隻幾乎和一輛大型車一樣巨大的金色獅子。

「嚇我一跳，這是你的真面目？」

「嗯，是啊。不過，你好像沒有很驚訝。」

「啊，因為我經歷過更不可思議的情況吧。」

譬如神仙爺爺讓我復活之類的。

哎呀，這些話好像有點似曾相識。這麼說來，第一次和黑貓相遇的時候，我們也說過一樣的話。

「呵哈哈哈哈！那就出發吧！」

「坐在你背上就好了嗎？可以抓你的毛嗎？」

「嗯，沒關係。」

嘿咻。咦？從這裡要怎麼過去呢？跑過去嗎？這麼大隻貓在住宅區裡跑，沒辦法靈活地亂鑽感覺反而會更慢啊。

「要飛起來囉！」

「蛤？」

金色獅子說完就往天空奔去。

「嘎啊啊啊啊啊啊啊啊啊啊啊啊啊！」

我的尖叫聲迴盪在夜晚的住宅區。

「到了，這裡就是會場。」

「快點放我下來……」

真的好慘。雖然我並不討厭會讓人尖叫的遊戲，但是沒有安全帶、只能緊巴在一隻不穩定的大貓背上，而且還飛在雲端上……簡直是地獄。根本沒有餘裕欣賞景色。

結束地獄行之後，黑貓背著我抵達的地方是札幌市民的休閒中心「Tsudome」。

「為什麼是Tsudome?」

「好像是因為這裡空間充足，又能便宜包場。」

「哇啊……陰陽術師的世界，日子也不好過啊。」

「Tsudome」是市內辦活動時經常使用、面積也很大的巨蛋場館。不但方便觀眾觀戰，包場後非相關人員不能進來。的確，這樣的確很適合對決。

「應該沒人想到，陰陽術師的對決會在這種地方舉行吧。」

我一邊這樣喃喃自語一邊進入Tsudome，此時這次我幫忙出戰的水上家前來相迎。

「這位就是上次的術師啊……」

「據說他打倒了火野山家的氣炎呢。」

「是因為面具所以扭曲了我們的認知嗎？感覺不到他是什麼樣的人。」

大家說了很多話，不過我都用微笑帶過。是說，他們也看不到我在笑。

「您好，我水上家的家主水上龍海。貓神大人嚴令我等不得追究您的背景以及上次攻擊的緣由，所以我們不會追究您襲擊火野山家一事。比起這個，您大力助我族一臂之力，真的非常感謝。」

一位體態文雅、穿著優雅和服的中年男性過來和我打招呼。這個人就是水上家的家主啊。我順著說話的流程和他握了手，近看更能感受到壓迫感。很有氣魄的感覺。

是說，襲擊嗎？是不是他認錯人了？算了。

「那個，抱歉我來晚了。」

出來迎接的人讓出一條路，迎面走來兩名女巫。

「我是這次與您一起參戰的水上潤葉。」

「我是妹妹水上潤奈。」

「水、水上同學？」

咦咦咦咦咦！！原來水上家，就是班長家啊！而且還參戰……也就是說，水上同學也是陰陽術師囉？

「那個，怎麼了嗎？」

「啊，不，沒什麼。」

糟了。情不自禁喊她同學，不過水上同學不知道是我。她已經用狐疑的眼光看著我，還是小心為妙。

打完招呼之後，他們告訴我這次對決的來龍去脈。

看樣子好像是和水上家交好的黑貓被欺負，某個人便前去挑釁火野山家，而這件事被推到水上家頭上。這根本就只是藉口嘛。謎樣的襲擊者，感覺也是自導自演。這種做法我在漫畫裡看過。太差勁了。

雖然我本來想說不必逞強，不過既然是這樣，稍微逞強一下也要贏。

……嗯？等等。

「我現在才想到，既然如此，黑貓你自己上場不就好了？」

我小聲地問了黑貓。

黑貓現在已經變得像獅子一樣大了。應該是說，根本就是一隻獅子。牠現在這個狀態大概就已經很強了，如果是載我過來的那個狀態，應該會更強。

「別看我這個樣子，老身也是頗為知名的妖怪。神前對決講求平等，所以我不能出場。」

講求平等，那就表示黑貓果然很強囉？而且，牠中陷阱受傷，似乎是火野山家的人幹的好事。原本以為牠是去破壞附近的農田，結果完全誤會了啊！

「話說回來，水上家的家主不能出場嗎？」

「龍海身患重病，不能勉強。其他的術師當中，沒有實力相當、能迎戰的人。」

「剛才那兩個人呢？」

「你說水上的女兒啊？龍海無法戰鬥，現在水上家最強的術師就是她們了。」

真的假的，班長原來是很厲害的陰陽術師啊？沒想到她也有這一面……而且連妹妹都很強。

「我會盡量努力的。」

「真的很抱歉。水上家的巫女就拜託你了。」

「好。」

時間差不多了。我確認腰包裡的東西，準備前往巨蛋裡的對決場地。

✦ ✦ ✦

「火野山大人，您準備好了嗎？」

「是三鶴城啊。我早就準備好了，畢竟我等這一天已經等很久了啊！」

氣炎敗北的消息早已傳到火野山的耳裡。儘管如此，他對這場神前對決沒有一絲不安。想到這一點，三鶴城不禁皺起眉頭。

參加對決的成員有家主火野山業以及陰陽術師首領三鶴城幽炎與氣炎剛毅。

就算家主不在，三鶴城也有自信單靠身為陰陽術師首領的自己和氣炎兩個人，就能贏過大多數的陰陽術師了。然而，對手既然是能撂倒氣炎的術師，不到尾聲誰都無法預測結果。

「呵呵呵，我要讓潤葉好好感受我的厲害之處。」

看到家主過度樂觀的樣子，三鶴城覺得很苦惱。

「氣炎，對決開始之後，就按先前安排的內容行動。」

「呿。雖然我不能接受，但你的策略還算信得過。我會照辦。」

聽到這個回答，三鶴城總算恢復一點精神，開始朝會場走去。

✦
✦
✦

「話說回來，白烏鴉在哪裡？」

「咦，我沒帶來啊！」

「什麼？」

「那我先過去囉。」

臉色鐵青的金獅子，在和三鶴城等人相反的另一側入口目送幸助上場。

「雙方都到齊了呢。來來，排排站好——」

特設會場的正中央，有個綠髮飄揚的迷人美女站在那裡。

「那個人是誰？」

「她是五大陰陽氏族之一的木庭家現任家主。這次擔任神前對決的裁判。」

班長的妹妹潤奈這樣告訴我。我第一次聽到五大陰陽氏族，不過從名字看來，水上家和火野山家都是其中一角。現代社會其實也頗奇幻的，只是我們不知道而已。

話說回來，特地告訴我這些，還真是個好孩子。

「雖然不知道你是什麼人，不過這場對決關乎我們氏族的未來。你要是扯我們後腿，我絕對不會原諒你。」

「啊，是。」

我收回剛才的話。看來她個性很好強啊。

「來來，都站好了吧？那就把這個貼上。要確實貼在皮膚上喔——就像貼藥布一樣。啊，氣炎和潤奈拿兩張。」

裁判邊說邊發給參賽者人形紙片。這是什麼東西？

「這是『替身符』。能代替貼著的人受傷。只要貼著這個，就能抵擋一次足以致死的傷。」

班長為我說明符咒的用意。咦，是喔，也太厲害了吧？可以抵擋一次死亡的威脅啊！對有過死亡經驗的我來說，真的希望這項商品可以在市面上販售。

「不過，製作這個替身符需要五家的家主長時間灌注靈力才行，所以只會在神前對決這種特殊儀式才能使用。」

「原來如此。」

因為很珍貴，所以不能量產。雖然我應該沒辦法做，但還是先把術式記起來好了。嗯嗯。

「來——各位都準備好了嗎？那就差不多該開始了。」

在毫無緊張感的裁判喊聲之下，雙方都列好隊了。

看起來很任性的紅髮青年，一臉輕視地盯著班長。那傢伙就是火野山家的家主啊。

他身邊有一名戴眼鏡、穿西裝的帥哥。腰上似乎帶著一把日本刀，好可怕。仔細一看，發現刀刃朝下。那不是一般刀，而是太刀。沒想到爺爺親授的骨董知識竟然在這種時候派上用場……

所以另一位就是被謎樣式神攻擊、送醫治療的氣炎啊！既然能參加對決，表示他已經沒有大礙。是說，他一直瞪著我耶。手臂上還有嚇人的刺青，他也好恐怖。

「潤葉，妳只要乖乖認錯，就可以放棄對決了。我不想傷害妳。」

「你在說什麼？襲擊貓神大人，又來找碴的人是你們吧！還有，不要隨便叫我的名字，火野山先生！」

「什麼！」

喔喔！真是暢快的一擊！「火野山先生」輸了！

那傢伙大概對班長有意思吧。喜歡人家還做了這種令人討厭的事、拚命耍帥，當然會被討厭啊！

「嘎哈哈哈！」

「別笑了，氣炎！喂，裁判，快點開始！」

「呵呵呵，我知道了。那就雙方各就各位，保持距離——」

對決場的大小是五十公尺左右的四方形，還算寬敞。

雙方列隊之後，稍微拉開距離。和正面的對手大約距離十公尺左右。

事到如今，我才開始緊張。

「各位術師，請打開結界——」

裁判說完之後，外面出現三層玻璃般的東西包圍著對決場地。這、這就是傳說中的結界啊！我以後也要用用看。

「敗陣的條件是替身符破裂或者被丟出場外，今天的對決就結束。那就，開始吧！」

「炎、殘、燃、壁、『炎燒燃壁』！」

裁判喊開始之後，氣炎那傢伙就拿起符咒，嘴裡不知道在念什麼。接著，符咒開始燃燒，出現巨大的火球。

「受死吧！」

那團火球朝我這裡飛來。這麼突然啊！

不過，這一擊沒中，火球從我和班長之間劃過。

「嚇我一跳……喔喔？」

但是，在火球劃過之後，我就了解對方的用意了。

飛過來的火焰在途經的軌道上熊熊燃燒，形成一道炎壁。我和水上家的姊妹完全分開了。

「你的對手是我。請高抬貴手。」

我看向前方，名叫三鶴城的陰陽師站在那裡。原來那傢伙也在炎壁的這一側啊。

「出來吧！『三刀像』！」

哇啊。眼前出現一名佩帶兩把大太刀的紫衣武士。體格龐大，應該高達三公尺吧。那就是這個人的式神嗎？

「那邊似乎已經開始了呢。」

側耳傾聽，牆的另一面傳來爆炸聲。

「那我也要開始了。」

我和水上家的姊妹，隔著一道炎壁各自開始戰鬥。

✦✦✦

「水上啊～情況不太妙呢。現在怎麼辦啊？」

巨蛋的觀眾席上坐滿兩家的人。其中，水上家家主準備的特別席上，出現慵懶的迷人美女。

「是木庭啊，妳是裁判，不需要認真看雙方對決嗎？」

「我有認真看啊～我可是『木』的家主耶。」

「說得也是。」

深知此女術式的龍海，馬上被說服了。

「比起這個，你打算怎麼辦啊？」

木庭家的家主指著眼前正在進行的神前對決，再度詢問。

「這沒問題。我已經事前和火野山的前任家主聯絡好了。對決結束前，他應該就會趕到。」

「哎呀、哎呀，你做事還是這麼滴水不漏。」

木庭家家主對龍海的手段，露出恍惚的表情。

「不過～你應該更早之前就已經聯絡好了不是嗎？」

「被妳看穿了。但是，這次對決可以讓潤葉和潤奈累積經驗。既然她們今後繼承水上家，就必須自己克服這點難關。」

「呵呵呵，你已經很有爸爸的樣子了呢～不過，你的目的應該不僅如此吧？」龍海以些許扭曲的表情看著木庭家的家主。眼神彷彿在說：「滴水不漏的人是妳吧？」

木庭家家主了解龍海眼神中的深意，露出有點困擾的表情。

「畢竟──那個陰陽術師打倒氣炎，又獲得貓神大人喜愛，怎麼能不在意呢。而且，我不是親自擔任裁判這個麻煩的工作嗎？你可不准抱怨。」

龍海的另一個目的是找出幸助的真面目，而木庭家家主則是自告奮勇擔任裁判，試圖獲得資訊。

「這我知道，我也很感謝妳。比起這個，妳覺得他怎麼樣？」

所謂的他，當然就是單獨襲擊火野山家，又受貓神青睞的謎樣陰陽術師。也就是幸助。

「完全沒有感受到靈力。」

「果然如此。我趁握手的時候查探了一下，也有一樣的看法。甚至覺得他可能是式神或妖怪。」

體外沒有靈力的人很罕見。

除非天生靈力生成量少，所以完全抵消維生生命的量。或者具有高度操控靈力的能力，為了隱藏實力而這麼做，只有這兩種可能。

然而，即便是五大氏族家主等級的人，也很少能完美隱藏體外的靈力。水上家家主龍海自己雖然能做到，但也只能在全力專注的狀態下維持幾分鐘。

「刻意隱藏靈力參加對決，沒意義啊～」

「總之，必須仔細注意他的對戰。」

「對啊～」

幸助並不知道，五大陰陽氏族的兩大家主正在觀察自己。

✦
✦
✦

巨大的紫色武士，以驚人的魄力襲擊而來。實在太恐怖了。

「嚇！喔啊！嘿咻！」

下砍、橫切、上砍。武士手上的大太刀不斷出招，幸助全都驚險躲過。

「原來如此，你也擅長武術啊。」

「啊，我只是有樣學樣而已。」

真的非常驚險，對方未免也太不留情了吧！這個替身符，真的有用嗎……真是越來越不安了。

「哇！」

這次是斜刀砍，真的好危險。

雖然是式神，但劍術技巧一流。不，考量它揮舞兩把大太刀的臂力以及體格，技巧應該超越一流。

我之所以能夠迴避這種怪物的攻擊，一切都要感謝人氣影片網站與Y◯uTuBe大神。

決定參戰後的這兩天，我看了各種武術影片。託這些影片的福，我高度重現預測對方的第一波攻擊，適當地避開並且繞到讓對方不容易襲擊的角度。

神仙爺爺、Y◯uTuBe大神啊，謝謝你們！

「嗯，再這樣下去情勢會越來越不利。」

不知道是不是發現如果我照這樣一直躲開攻擊，那現在也只是白費力氣，所以對方突然停手。

現在就是好機會。我趁著和武士拉開距離的時候，放出自己的式神。

「宣紙……好痛！」

直覺上感覺已經避開，但其實還是中招了。確認痛覺來自左肩，發現肩口以下的袖子已經不見了。

我慌慌張張地確認手臂，發現手臂沒斷。替身符啊，剛才懷疑你的效用，我真的很抱歉。

「是說，剛才那是怎麼回事？」

雖然我的確被砍到了，不過我們之間有段距離啊。刀身大約長一公尺多，就算傾斜身體、拉長手臂也不會超過三公尺。

目測我們之間至少離五公尺遠……難道是他的斬擊能向外飛嗎？

「嗯嗯，將靈力灌注於刀身，和斬擊一起拋出。威力則會隨距離遞減。」

神仙爺爺給我的學習能力還真厲害。剛才沒能看仔細所以理解得比較慢，但對手出招之後我仍能了解到某種程度並且學起來。

不過，危機狀況沒有因此改變。雖然威力會隨距離遞減，但以對方的臂力，斬擊就算從比賽場地的一端拋到對面，威力也很足夠了。

「喔！又來了，宣紙！毛筆！」

對方又出招了。不過，他的目標好像是宣紙和毛筆。原來是不想讓我發動術式。而且我的手沾到墨汁變得黏糊糊的。

「毛筆和宣紙都還有備用的，可是……」

再這樣下去根本沒時間出動式神。如果有什麼攻擊的方法，情況或許會有所不同……

「……啊！」

炎壁後傳來戰鬥的聲響，讓我突然發現一件事。該不會……上次那個就是術式？

「你好像靈光一閃的樣子啊。不過，我不會讓你有時間在宣紙上寫術式的。」

「不，我就算是爭一口氣也要寫出術式！」

幸助與三鶴城的攻防戰仍在進行中。

✦ ✦ ✦

「爆鬼，繼續維持好炎壁！」

「嘎嗚！」

收到氣炎的命令，爆鬼開始將靈力灌入炎壁。

「那就是爆炎之鬼」……

「放心吧，爆鬼必須維持炎壁，派不上用場。你的對手只有我。」

氣炎回應潤葉的話。

「喔，還有我！氣炎！」

「啊……說得也是。總之，家主先退到後面吧。」

「知、知道了。有危險的話隨時叫我，我會幫忙的！」

「好——」

隨意敷衍自己的家主後，氣炎再度面對水上家的姊妹。

「久等了，那我就不客氣了。『散炎彈』！」

「蒂妮，拜託妳了！『水之牆』！」

潤奈發動水牆防禦襲擊而來的火焰散彈。

「這就是西洋的『精靈術』啊？妳身邊飛來飛去的藍色光球就是精靈嗎？」

「不是精靈，而是妖精！」

針對氣炎的疑問，潤奈一邊糾正一邊回答。

水上潤奈嚴格來說其實並非陰陽術師，而是透過水之妖精「蒂妮」驅使精靈術的精靈術師。

「嗯，精靈、妖精隨便都可以啦。雖然我很想趕快打倒妳們，去和戴著面具的傢伙對戰，不過妳的術式的確很有趣。就讓我好好玩一場吧！」

「你也只有現在能這麼輕鬆了！蒂妮，『騎士槍』！」

空中出現巨大的水形騎兵槍，朝氣炎攻擊。

精靈術有很多缺點，但特性是可以用較少的靈力驅使強大術式。

「『散炎彈』！」

氣炎用火焰散彈迎擊水槍。

這是精靈術帶來的強力一擊。而且，還帶有火與水性質上的優勢。一般而言，這種程度的火術不可能抵擋攻擊。然而——

「剛才的招數，也不怎麼樣嘛。」

「怎麼會……」

——毫髮無傷的氣炎站在原地。

觀眾席傳來歡呼聲。

儘管擁有性質上的優勢，水槍仍無法攻擊到對方，原因就在於壓倒性的經驗差距。

雖然雙方是初次見面，但氣炎從槍的形狀看出結構不穩定的地方，針對那一點集中攻擊。氣炎自己並沒有特別思考過。但是，他擁有經驗累積出的直覺，能夠下意識採用這樣的方式。

「潤奈，妳已經表現得很好了。接下來換我上場。」

潤葉拍拍妹妹的肩膀安撫她的失落，一邊取出符咒。

「水、槍、擊、『連水槍』！」

潤葉也生成水形騎士槍，朝氣炎攻擊。水形騎士槍總共有三把。不過，每把水形騎士槍的大小都比潤奈生成的還小很多。

「喂喂，妳是看不起我嗎？」

和剛才一樣，氣炎用火焰散彈迎擊這三把騎士槍。

「氣、氣炎！」

「啊？嗚啊！」

站在氣炎後方的火野山發現異常，出聲提醒。不過，已經太遲了。

氣炎的身體已經被背後竄來的兩把騎士槍貫穿。

◆
◆
◆

「『散炎彈』！」

想說先試著發動一次，結果威力好強。

盔甲武士肩膀的部分，那應該叫做護肩嗎？我成功把那一塊打飛了。

「和氣炎一樣的術式！為什麼你會？」

「這是商業機密！」

實際用過才知道，這個術式其實很難。就算我說「這是剛學會的！」對方大概也不會相信。我越來越覺得，神仙爺爺給我的學習能力真的是在作弊啊。

「剛才左手臂上還沒有術式。你是假裝要寫在宣紙上，其實把術式寫在手臂上了吧！」

沒錯。用被墨水沾到黏糊糊的右手寫。

而且，多虧這個術式長得很像紋身的圖案……讓對方晚了一步才發現。

「比氣炎的攻擊更強勁……看樣子你的屬性適合火啊！」

屬性適合火？意思是我有操控火類陰陽術的才能嗎？是這樣嗎？我也不知道。

「看來如果我不認真對戰，恐怕撐不到氣炎過來了。連結──」

語畢，三鶴城的左手以靈力繩連結武士。

原來那個武士剛才都是自動模式啊！

「我要上了！」

「等一、下、哇！」

比剛才更快、更敏銳。不過，我還是驚險閃過了。

拋出來的斬擊必須將靈力附在刀身，所以能事前預測動作。再加上──

「『散炎彈』！」

──我也有了攻擊的方法。威力也很不錯。雖然會被躲開，但也稍微刮過武士的側腹。

「彼此的狀態都越來越差了呢。」

「那可不見得。」

突然覺得有異常，一摸側腹發現衣物淺淺地裂開。

什麼時候被砍到的？

「砍的人是我。」

怎麼會！他一說，我才發現。不知道什麼時候，西裝眼鏡男已經拔出太刀。

雖然只有一點點，但有靈力纏繞的跡象。他趁我和武士對戰的時候，用那把刀拋出斬擊嗎？

「不只這樣而已。」

他說完，武士便抬起右腳，呈現泰拳選手的預備姿勢。什麼？到底是……糟了、糟了糟了糟了！好像完蛋了！

「嗚喔喔喔！」

我憑直覺慌慌張張地趴下，感覺到頭上像有什麼劃過。

之後，又聽到彷彿玻璃碎裂的聲音，會場內一片騷動。一回頭，原本有三層的結界，最裡面的一層出現巨大的裂痕。

「斬、斬擊？」

踢腿就能發出斬擊嗎？就算是這樣，威力也太強大了吧！

「這是兩把大太刀加上右腳踢腿拋出的斬擊。這才是『三刀像』的真面目。」

也太強了吧！如果再加上西裝眼鏡男的攻擊，就會加倍棘手啊。剛才的閃躲已經是千鈞一髮。再這樣下去，一定會輸。

「我得想想辦法才行……」

我雖然有想到一個方法，但其實不知道能不能順利成功。

不過呢，一直防守也只會輸，那就不留遺憾地試試看吧！

「換我上啦！『散炎彈』、『散炎彈』、『散炎彈』、『散炎彈』！」

「這什麼亂七八糟的招數！」

呵哈哈哈哈！攻擊就是最好的防禦！

趁現在拿出腰包裡的宣紙和毛筆。

「才不會讓你有機可乘！去吧，三刀像！」

雖然身體已經殘破不堪，武士仍然一頭鑽進火焰散彈。因為連續發射，所以威力有點減弱，再這樣下去武士就要衝到眼前了。

「『散炎彈』！」

最後一發我沒有攻擊武士，而是朝著地板發射，藉此產生煙霧。

「沒用的，我已經知道你在哪裡了！」

「什麼？」

武士在煙霧中仍然繼續前進。不過，我的目的並非遮蔽視線。

最後的散彈我盡量集中威力，一鼓作氣放出去。所以地板上出現一公尺左右的洞。

以武士的體型來看，應該只能絆住他一瞬間，不過這樣就夠了。

「好，術式寫好了！」

「怎麼可能！式神的術式不可能這麼快就寫好！」

「我知道啊，所以我寫的是普通的符咒術式。」

符咒的術式很簡單。現在中央畫出「火」的紋樣，然後在四個角落加上一些裝飾就完成了。

一般的陰陽術，似乎都是用這種符咒當作媒介。我記得咒語是——

「——炎、殘、燃、壁、『炎燒燃壁』！」

「怎麼會，你為什麼連這個術式都會？」

不對、不對。我會用的符咒術式只有這個啊。

符咒熊熊燃燒，出現巨大的火球。念咒語好像成功了。

「在這裡形成一道牆，飛吧！」

火球可以在一定程度的範圍內控制飛行的軌道。我讓它像畫弧線一樣飛出去，在我和西裝眼鏡男之間形成一道火牆。當然，武士也在牆的另一頭。掰掰。

我趁這個時候開始寫式神的術式。只要在這面牆被摧毀之前完成，狀況應該就會好一點了。

我強忍著雙手的顫抖，在宣紙上用毛筆撰寫術式。

✦ ✦ ✦

「痛死了。」

被兩把騎士槍貫穿的氣炎，彷彿什麼事都沒發生似地站起來。

替身符也沒有失效。雖然造成損傷，但還不致死。

「你放出來的水槍，我應該已經擋掉三把才對……原來如此，其實總共有五把啊。」

氣炎馬上就想到答案了。

第一次迎擊的是潤奈的巨大水槍。潤葉則是用當時飛散的水分生成新槍，從氣炎的背後攻擊。

「飛散的水分中還留有妳妹妹的靈力……妳也利用了這一點嗎？」

「沒錯。因為我們姊妹，所以靈力的波長很相近。」

潤葉只說到這裡，但其實是因為其他元素才能完成這個攻擊。

那就是讓隔著將近十公尺的水變成騎士槍的高度靈力操作技術。她是因為擁有這樣的技巧，才能實現這個術式。

氣炎沒有繼續追問，但憑直覺也知道是這麼回事。而且，氣炎的笑容變得更深沉了。

「妳也是很有趣的傢伙啊！越來越有趣了！炎、放、多、彈、『連燒炎壁』！」

「蒂妮！『水之牆』！」

襲擊而來的炎壁與水壁兩者互相對撞，產生大量的水蒸氣。

「潤奈！右邊！」

「嗯？『水之牆』！」

「散炎彈！」

潤奈千鈞一髮之際，躲過氣炎近距離發出的散彈。

「在這麼近的距離就能一瞬間發動術式？」

「他是從腳底發射散炎彈，然後把能量當作推進器衝到這裡。」

潤葉馬上破解氣炎的技巧，試圖讓焦躁的潤奈冷靜下來。

「沒錯！我的四肢上都寫著『散炎彈』的術式。只要我想，甚至可以飛到天上呢！」

「我一點也不羨慕。蒂妮！『水刀』！」

水形成無數的刀刃，朝氣炎襲擊。然而，完全沒有傷到加速移動的氣炎。

之後，在氣炎壓倒性的機動能力之下，潤葉只能持續防禦。

潤葉張開靈力網，預測氣炎的攻擊。潤奈依靠潤葉的靈力網防禦，但是毫無反擊的餘裕。

「只要有一瞬間的空隙……」

在一味防禦的狀況下，潤葉念完某種術式。然而，在發動術式的瞬間，無法使用靈力網。如果對方趁隙襲擊，兩人在術式發動前就會敗下陣來。

「姊姊，對不起，『水之牆』應該只能再用幾次就到達極限了……」

「潤奈，謝謝妳。妳已經盡力了。」

潤葉已經下定決心。在潤奈防禦下一次攻擊後，就要發動術式。

「水之牆！」

「呿！又來了！」

靈力網消失，潤奈集中精神發動術式。然而——

「……啊？未免也太小看我了吧？」

──氣炎沒有錯過這個空隙。

「我不會讓妳靠近姊姊的！蒂妮！『水刀』！『騎士槍』！」

「太天真了吧！『散炎彈』！」

氣炎擊落迎面襲來的刀刃與騎士槍，越過潤奈身側。

在術式發動前，氣炎就已經來到潤葉眼前。

「再見了。」

「姊姊！」

下一個瞬間，傳來結界破裂的聲音。

潤葉沒有放過氣炎轉頭望向聲響源頭時的空隙。

「『無上．龍王顯現』！」

吸收潤葉身上所有的靈力、蜷曲身體的龍現身了。

「可惡！」

「氣炎發出『散炎彈』，盡全力拉開與龍之間的距離。」

「沒時間了……龍王！」

「吼啊啊啊啊啊啊啊！」

龍發出咆哮聲，步步逼近氣炎。

「無上．龍王顯現」──這是水上家代代相傳的術式中，等級最高的密術。

這個術式擁有式神術的元素，能讓龍王暫時現身並且供施術者驅使。不過，能維持的時間很短。

即便潤葉擁有異於常人的靈力操作能力，再加上所有靈力，龍王能顯現的時間頂多也只有一分鐘。然而——

「喂喂，太誇張了吧……」

——這種破壞力，的確可以稱得上是一擊必殺。

氣炎剛才站立的地方，因為龍王衝刺而消失無蹤。這個衝擊導致整個結界都在震動。

「好的——火野山小弟，出局~」

毫無緊張的聲音在會場中出現，但是完全沒有人在聽。因為龍王壓倒性的存在感，讓所有人都無法分心。

「現在的我沒辦法打倒那傢伙，但只要施術者被撂倒，應該就會跟著消失了吧？」

氣炎試圖靠近潤葉，但龍王像是在守護主人似地盤起身子阻止他近身。

「可惡。不過，這應該撐不了多久。來吧！我一定能全部避開！」

「不用你說我也會動手，龍王！」

「吼啊啊啊啊啊啊啊啊啊！」

龍尾已經漸漸開始消失。潤葉的時間所剩不多了。

「龍王！」

「哈，太天真了！」
不過，還無法充分操控龍王的潤葉，沒辦法抓住氣炎。
「已經是極限了……」
「對不起，姊姊，要是我能把靈力灌注給妳就好了……」
潤葉和潤奈的靈力波長相似，所以能夠共享彼此的靈力。不過，只有姊姊潤葉才具有靈力操控能力，不擅長控制靈力的潤奈沒辦法把靈力分給姊姊。
當然，正在操控龍王的潤葉也沒有餘裕做這件事。
「沒關係……下一次攻擊……我就會讓情勢改變！」
潤葉咬緊牙根拚命保持意識，對半透明的龍王下達最後的命令。
「吼啊啊啊啊啊啊啊啊啊啊啊啊！」
像是在回應潤奈的決心似地，龍王用逐漸消失的身體進行最後的突擊。
「啥？這不是只有聲音變大而已嗎？」
氣炎一副「好無聊」的表情，輕鬆躲過龍王的突擊。然而，目標消失後龍王仍不斷前進，讓氣炎發現對手的真正目的。
「爆鬼！快閃開！」
「嘎？嗚嘎！」
爆鬼被摔出場外，替身符也瓦解了。
「好的——爆鬼弟弟也出局囉～」

接著，龍王和炎壁一起消失了。

「呿，一開始目標就是炎壁和爆鬼啊？被將了一軍。」

雖然這麼說，但氣炎仍然一臉滿足，還接著說：

「妳們已經無法戰鬥了吧？就在這裡乖乖待著，我要去三鶴城那裡了。」

語畢，氣炎發現另一個更加不對勁的事。原本被龍王奪去注意力的觀眾也發現了。

「那是……誰？」

說話的是靈力耗盡，千辛萬苦保持意識的潤葉。

炎壁消失後，出現跌坐在地的面具術師以及跪在地上的三鶴城幽炎。還有一名白髮小女孩，手裡捧著剛砍下的三刀像頭顱。

✦ ✦ ✦

「妳……是我的式神嗎？」

「……」

腰間佩著短刀的小女孩，默默點了一下頭，很可愛地跑過來……而且還捧著武士的頭顱。

「有、有點恐怖，妳先把那個丟掉吧。」

「……」

小女孩一臉惋惜的樣子，丟掉手裡的頭顱。好恐怖。

「啊，消失了。」

武士的身體和頭顱，發出像光線微粒般的東西漸漸消失。式神如果被打敗就會像那樣消失啊。

「一瞬間就毀了我的三刀像？那個式神、那個式神到底是何方神聖？」

西裝眼鏡男這樣大叫，但其實我也不知道。

這個式神本來就是模仿武士的術式製作而成，我才想問這到底是什麼好嗎？

「啊，炎壁也消失了。」

不知不覺間，隔開我和水上家姊妹的炎壁消失了。

而且，發出散炎彈的人和水上家的姊妹，正以驚訝的表情看著我。

「其實驚訝的人是我……」

發動炎壁之後，我用顫抖的手寫完術式。不過，在召喚前一刻，炎壁被衝破，大太刀已經來到眼前。我是那個時候嚇到，所以跌了個四腳朝天。

不過，因為突然出現響徹雲霄的咆哮聲，轉移了西裝眼鏡男的注意，所以我才能趁隙成功召喚式神。

雖然不知道是誰大聲咆哮，但我很感激。

之後我對出現在眼前的式神喊：「去打倒武士！」一回過神來，武士的頭顱和身體就分家了。

「三鶴城！」

「啊，我竟然……直接攻擊施術者！氣炎你從空中攻擊！」

「了解！」

因為會發散炎彈的那個人出聲叫喚，讓愣住的西裝眼鏡男清醒，兩人便一起攻上來。

是說，散炎彈那傢伙是飛在空中嗎？也有那種使用方法啊。下次我也來試試看。

「啊，現在可不是想這種事的時候！式、式神！打倒那些傢伙！」

「……」

小女孩點了個頭，把手放在腰間的短刀上。接著——

「呀啊——」

「大家快逃！快退開！」

「緊急出口在這裡！快走！」

——鈴鐺般的音色響起，Tsudome的屋頂整個塌陷。

✦✦✦

「啊！這裡是……」

「火野山大人，您醒了嗎？」

市內綜合醫院的三人病房裡，火野山業醒了過來。

床邊的三鶴城幽炎正以熟練的刀法削著蘋果。

「請放心，這裡是醫院。吃點蘋果，休息一下吧！」

火野山對遞過來的蘋果投以驚訝的眼神。因為削好的蘋果，全都被切成兔子形狀了。

不過，自己的確是餓了。雖然一臉不悅，火野山還是吃了蘋果。

「三鶴城，你有受傷嗎？」

看到三鶴城穿著醫院的病人服，火野山也擔心他的情況。

「不，有『替身符』擋著，我毫髮無傷，但為防萬一還是做了精密檢查。」

「這樣啊，那就好。」

三鶴城的話，讓火野山安心不少。不過，火野山想起自己在病房的原因，慌慌張張地問三鶴城：

「對了！對決呢？對決怎麼樣了？」

家主火野山在對決中途就失去記憶。因為龍王突如其來的衝擊波被轟飛，直接在場外昏倒了。

「很遺憾……是我們輸了。」

「你說什麼？」

三鶴城簡潔地描述，自己和氣炎與面具術師召喚出來的式神對戰，但兩人都被飛出的斬擊擊中，替身符也毀了。而且，式神的斬擊貫穿三重結界，讓對決會場的屋頂整個崩塌。

「怎麼可能！撂倒氣炎的那隻白烏鴉還有這次的式神，怎麼可能會有這種事！」

即便三鶴城再怎麼解釋，火野山都聽不進去。因為他深知三鶴城和氣炎有多強，所以對他們信任有加。

三鶴城知道火野山的想法，繼續說道：

「火野山大人，我雖負責教導你，但方法好像錯了。那就一起挨罵吧！」

「挨罵？」

聽到三鶴城這番話，火野山露出呆愣的表情，但他馬上就知道這是什麼意思了。

病房的門被踹開，一名宛如鬼神的老人衝了進來。

「爺、爺爺？」

「爺爺？誰是你爺爺？你這個混帳孫子！」

被稱為爺爺的老人，讓火野山的頭蓋骨吃了一記鐵拳。

他是火野山大。儘管是高齡八十歲的老爺爺，仍然有力量使出足以輾壓病床的鐵拳。

雖然因病不得不引退，但在現任家主火野山業繼承之前的數十年，他都以家主的身分率領火野山家，曾是一代豪傑。

「為、為什麼爺爺會在這裡啊？」

「水上家的公子跟我聯絡了。說你這傢伙因為什麼愚蠢的理由，要求神前對決！」

老爺爺再度用一記鐵拳讓火野山業的頭蓋骨炸裂。

「好痛……就算是這樣，從東京來也不可能這麼快啊，你是怎麼……」

「水上家的公子介紹了不錯的醫院給我。約莫半年前，我就已經在這裡療養了。因為你好像在謀劃什麼，所以我沒讓任何人知道我已經轉院了！」

「好痛！」

又是一記令頭蓋骨炸裂的鐵拳。

其中，「約莫半年前」這句話，讓三鶴城覺得有異樣。

襲擊貓神大人這個計畫本身是半年前剛開始策動，和火野山家的前任家主轉院的時間一致。

「大人要是知道這次計畫，必定會前來阻止。難道是……」

（對方事前就知道火野山家的動向，為保險起見，先讓前任家主火野山大轉院到附近的醫院，如果單憑水上家的力量無法解決就能討救兵？）

原來這次騷動背後，還留了這一手。推斷出真相的三鶴城，不禁暗自感嘆水上家家主的手腕高明。

「我看了神前對決的錄影。面具陰陽術師……就不用比較了。但水上家的兩姊妹，能力倒是讓氣炎都覺得驚訝。相較之下，你又是怎麼回事？」

「這、這個嘛……」

什麼都沒做就慘兮兮地被轟出場外，回想自己的樣子，火野山業不禁低下頭。

「算了……我也有錯。當初因為繼承人只有你一個，所以對你太嚴格了。而且，你還這麼年輕，就勉強讓你坐上家主這個責任重大的位子。」

前任家主火野山大露出悲戚的表情，喃喃自語。

「大人，這件事我也有責任。我受命教育業大人，卻和他一起誤入歧途。」

「是啊。我想你也是為了讓派系內的人認可阿業成為新任家主……才會這麼做，不過襲擊貓神大人也太過分了。當然，神前對決也是。」

前任家主火野山大對這兩個低著頭的人繼續說：

「不過，這次對決你們應該都學到教訓了。阿業，你應該要修正自己淺薄的想法。還有，自己看上的女人，要用自己的力量爭取。為了女人而動用火野山家的權力，簡直荒謬至極！」

「我、我知道了啦，爺爺……」

火野山業一邊制止爺爺繼續說下去，一邊點頭。

「三鶴城，你的確對家主忠心耿耿，但完全順從主人可算不上忠義。引導主人走上正道，才是真正的忠義。今後不能再犯同樣的錯。」

「是！」

三鶴城將火野山大的話銘記於心，深深低頭致歉。

「還有你，氣炎。你作戰的方式太過固執，要用點腦子啊！」

「嚇！被發現了啊！」

拉上簾子、刻意隱藏自己動靜的氣炎發出驚訝的聲音。

在長達數十年守護關東圈的火野山大面前，氣炎刻意隱藏自己的動靜毫無意義。

「三鶴城、氣炎……都站好來！」

接著，火野山大以一記鐵拳讓兩人的頭蓋骨炸裂。

✦
✦
✦

神前對決後過了一夜，結果我根本沒睡著。

「嗯，好像有信喔？」

「呀啊！……我、我去看看！」

我慌慌張張地去確認郵筒。是、是請款單！

「……什麼啊，是網路費啊。」

可惡，嚇死我了。

為什麼我會嚇成這樣呢？因為昨天晚上神前對決時，我召喚的式神讓Tsudome的屋頂整個塌了。

屋頂崩塌之後，我腦袋一片空白，完全不記得是怎麼回家的了。我只聽說對決贏了，但一整晚都在擔心Tsudome的修繕請款單會寄到家裡來。應該是說，現在也很擔心。

「冷靜一點，龍海說他會想辦法。不必擔心。而且沒人知道你的真面目，所以請款單也不會送到這裡。」

「是、是這樣沒錯啦。」

可是如果有什麼很厲害的術式，導致我穿幫怎麼辦啊？

「總之，沒問題啦。如果龍海解決不了，老身會想辦法的。」

想辦法……原來如此，就是雜耍！我可以靠雜耍賺修繕費！

金獅子踩球之類的，一定能大賺一票！

「啊，這樣就變成黃色笑話了啦！」＊

「你在說什麼？總之冷靜點啦！」

發現異常的烏鴉，端了麥茶給我。呼～我冷靜下來了。

順帶一提，讓Tsudome解體的小女孩，從烏鴉手上搶走遙控器，正在客廳看料理節目。

她和烏鴉一樣，完全沒有要消失的樣子。真不可思議。哪天請黑貓去問問班長的爸爸好了。

「你不需要擔心。這個結果雖然出乎意料，但這次是我們拜託你參加對決的。責任在龍海和我身上。」

「這、這樣啊……我知道了。對不起，一時亂了陣腳。」

說得也是。冷靜想想，黑貓的確說得對。

不過，為防萬一我還是去找個打工的工作好了。這靠零用錢應該不夠。不對，打工應該也不夠……

「你明白就好。那我差不多該回去了。」

「咦，回去哪裡？」

「啊，我本來待的神社。」

啊，因為太熟所以我都忘了。話說回來，黑貓是有家可回的啊。

＊金獅子踩球原文是「金獅子の玉乗り」，而日文中的金玉是指睪丸的意思。

「這樣啊……你多保重。我偶爾會去參拜的。」
「嗯，我等你來。」
烏鴉看起來也有點依依不捨。烏鴉是黑貓來到這個家隔天就召喚來的，所以它和我一樣，與黑貓一起生活了一段時間。
「別那麼感傷。又不是今生不再相見。」
「說得、也是。」
不過，還是有點捨不得啊。
「在回去之前，能問你一個問題嗎？」
「嗯？什麼？」
「我想知道你的名字。」
「……啊！」
這麼說來，我們見面之後從來沒說過自己的名字！
「抱歉，我完全沒發現。那就正式自我介紹一下……我是結城幸助，請多多指教。」
「結城幸助……真是個好名字。」
我忘記取名的由來了。幫助別人、得到幸福……媽媽好像這樣說過。
「黑貓的名字是貓神嗎？」
「不是。貓神這個名字是崇拜我的人自己取的。不是我真正的名字。」

是喔，原來是這樣。

「真正的名字……我記得很久以前有過，但已經忘了。」

「那我可以幫你取一個名字嗎？」

「嗯，如果是你的話沒關係。」

雖然我這樣說，但我平時都一直叫他黑貓，實在很難擺脫這個名字。

「那就……雖然是簡單了一點，『小黑』你覺得怎麼樣？」

「小黑？」

黑貓……不對，小黑突然沉默不語。

「怎麼了？」

「不……真抱歉。」

「咦？抱歉什麼？」

「因為毫無自覺，所以沒發現……真的是很抱歉。」

……咦？所以，我問你抱歉什麼啊？

✦ ✦ ✦

札幌車站的月台裡，有位充滿威嚴的優雅中年男性和略顯憔悴的迷人美女。

「木庭，這次……真的很抱歉。」

「就是說啊！」

木庭家家主略顯憔悴的原因，就是Tsudome屋頂崩塌。陰陽術師的存在不能讓世人知道。因此，在會場的術師總動員，一起修復Tsudome的屋頂。

其中，最為活躍的是木庭家家主使用的「結合」術。術師們齊力復原屋頂零件，再由她結合，讓屋頂恢復為崩塌前的樣子。

順帶一提，Tsudome外面設有驅趕外人的結界，所以沒有人目擊屋頂崩塌的狀況。

「那個術式沒辦法撐太久。偶要回去了，之後你們自己加油吧！」

「啊，接下來我會想辦法的。還有，木庭妳好像有點鄉音啊。」

「什麼啦！總、總之，就是這樣。我要回去了！」

這位迷人的美女，慌慌張張地搭上前往函館的電車。

「話說回來，你的地盤裡有那樣的陰陽師存在，還真是辛苦啊～水上～」

木庭家家主像是在調侃水上家家主龍海似地這麼說。那樣的陰陽術師，當然是指幸助。

「怎麼會辛苦。他感覺不像是壞人。」

「但是對決會場的屋頂整個塌陷了呢——」

「……」

龍海露出尷尬的表情，木庭家家主笑了出來。

「呵呵呵……是說，那個式神也很令人驚訝啊。不過比起這個，貓神大人啊……」

「這一點……我也有同感。」

看著一籌莫展的龍海，木庭家家主又笑了。

接著，她踏上往東北的歸途。

庭院裡建了祠堂。

✦
✦
✦

「總之，先來放供品吧。這是貓罐頭。」

「我本人就在旁邊，給我就好。」

我打開蓋子遞過去，黑貓迅速衝過來稀哩呼嚕地吃起貓罐頭。

為什麼會建祠堂呢？這是因為小黑變成我的從魔，決定住在我家。

據說妖怪如果非常喜歡對方，也非常喜歡對方取的名字，就會變成從魔侍奉主人。小黑本來是打算假裝不在意我取的名字，但這個名字好像出乎意料地討他喜歡，所以他就毫不抵抗地成為我的從魔了。雖然小黑說「抱歉，又要待在你家了」但我其實覺得完全沒關係。

因為沒有祠堂他好像覺得很不安穩，所以就從之前住的神社把祠堂搬過來了。

「嗯？怎麼了？」

「……」

小女孩拉拉我的衣襬。原來如此，妳想趕快開動對吧？

「小黑，你就在這裡吃吧。我們差不多要開始了。」

「嗯，抱歉。老身忍不住先開動了。」

回到客廳，烏鴉已經把我從超市買回來的菜擺上桌了。每個人的茶杯和飼料盤裡都倒了麥茶。真是機靈。

「抱歉，把準備工作都交給你了。那就慶祝對決平安落幕，還有小女孩來到我們家、小黑變成我的從魔……乾杯！」

「乾杯！」

「嘎——」

「……！」

咦？原來烏鴉會叫啊？嗯，算了。

我看著烏鴉被小女孩當成玩具把玩，一邊和小黑聊著無關緊要的事，一眨眼，夜就更深了。

✦✦✦

那是很遙遠的記憶。
『怎麼，受傷了嗎？』
『……喵——』
路過的老人，發現一隻受傷倒地的小貓。
『哪裡受傷？我來幫你……這樣應該就沒事了。』
『喵嗚。』
原本倒地的貓咪，在老人身上磨蹭表達感謝。
『已經很黏我了呢。」
『喵喵。』
『怎麼？想跟我一起去旅行嗎？』
『喵。』
老人露出有點為難的表情，馬上又面對貓咪。
『如果只是一小段時間，應該沒關係。』
『喵。』
『名字嗎？真拿你沒辦法。那就……雖然很簡單，不過叫你小黑怎麼樣？』
『喵！……』

「……嗯？我是做夢了嗎？」

小黑一邊揉眼睛一邊起身。

雖然想不起來夢的內容是什麼，不過心裡充滿懷念又寂寥的情緒。

「呃……好痛苦……」

一回頭，看見主人被白髮小女孩和烏鴉當枕頭躺，邊睡邊呻吟的樣子。

看到主人的模樣，剛才快要潰堤的情感，漸漸變得晴朗。

「再睡一下好了。」

小黑枕在呻吟的主人身上，再度陷入沉睡。

閒話 小女孩的服裝和大門的開闔

「今天，我想和大家一起去女裝店買東西。」

「為什麼要去女裝店？」

小黑的疑問很正常。

因為要去買小女孩的衣服。

現在她穿著我的衣服，但尺寸實在不合。太寬鬆了。召喚的時候她穿著一身白衣，但只有一件，以後應該會很困擾。

「所以，我想要帶她去買衣服。」

「我知道了。」

「嘎——」

「……！」

大家好像都同意了。

順帶一提，我都已經查好了。

距離我們家一百公尺左右有一間女裝店，不知道為什麼裡面有賣童裝。而且，店長是個沉默寡言的人，就算帶著身穿寬鬆衣物的小女孩去購物，也不必擔心對方會多聊什麼，可以盡情試穿。

「好，連結！」

「嘎——」

我用靈力繩連結烏鴉，共享他的視線。嗯嗯，周邊沒有我們學校的學生。

「嘎——」

「他說已經用超音波確認地面的震動，建築物背面也沒有學生。」

「震動？超音波？怎麼有這些功能？」

沒想到還有這種特技啊。是說，小黑聽得懂烏鴉在說什麼耶。

嗯，算了，現在衣服比較重要。

「話說回來，為什麼要躲？就算有高中生在這裡，你也只要堂堂正正地去買就好了啊。」

「小黑你可能不知道……我之前在學校算是名人。」

因為我是逮補兇犯的神力高中生。

「那個傳聞最近好不容易消散。所以，我不想太招搖。」

還有，如果被水上同學看到，她就會知道我就是那個戴面具的術師。

「原來如此。既然是這樣，我也來幫忙。我可以幫你翻譯烏鴉的話。」

喔喔！真可靠！

之後，我用糖果引誘一直想跑去其他地方玩的小女孩，終於平安抵達女裝店——

「……那，我們回家吧。」

「……嗯。」

——今天公休。

「哎呀，這不是幸助嗎？」

「啊，伊佐婆婆。」

回家的路上，碰到隔壁鄰居伊佐婆婆。她是祖父母的朋友。

「哇，好可愛的小女孩啊。不過，衣服怎麼這麼大？」

「本來要去幫她買衣服，結果那間店公休。」

我很快就把話題轉移到衣服上。

「哎呀～如果不介意穿舊衣服，你要不要拿回去？」

「咦？」

「我孫女的衣服，還有很多呢。」

咦？

「我想說要找一天處理掉，不過總覺得麻煩。如果你能收下，那些衣服也會很高興的。」

「那我就不客氣了。」

衣服的尺寸也都剛剛好！

就這樣，我們成功獲得小女孩穿的衣服。而且，種類比我的衣服還多。

「……！……！」

小女孩非常開心，不斷翻看好幾個紙箱的衣服直到深夜。

✦✦✦

「我回來了。」

小黑打開門，結束貓咪集會回到家裡。

「喔，回來啦……奇怪，你剛才怎麼開門的？」

「怎麼開？這樣開啊！」

黑色貓尾彎彎曲曲地伸長，纏住把手之後門就開了。

這是什麼絕技，好恐怖。

「這樣不會被別人看到嗎？」

「當然。我有在注意。」

嗯，如果有在注意就好……嗯？等一下。

「烏鴉！你來一下！」

我一叫，烏鴉就用鳥嘴靈巧地打開客廳拉門，一步一步走過來。拉門……就算了吧。

順帶一提，小女孩在暖桌那裡睡覺。

「烏鴉，你會開玄關的門嗎？」

「嘎——」

烏鴉發出自信滿滿的叫聲，舞動翅膀。接著，他單腳站在門把上，利用體重輕鬆把門打開。

「謝謝，你可以回去了。」

「嘎——」

志得意滿地叫了一聲後，烏鴉回到客廳。

烏鴉偶爾會外出，原來他是這樣出去的啊。

「嗯，來裝個貓用的入口。如此一來，烏鴉也能通過。」

「不，沒有這種東西我們也無所謂啊。」

「不，我要裝。」

雖然說有在注意，但萬一被看到絕對會引起騷動。無論如何，我都要裝一個入口！

我利用Amaz◯n採購需要的道具，再使用Y◯uTuBe學習超越目前需求的改裝技術。

父母說這棟房子可以隨我擺設，所以我就不客氣地改造了。

請小女孩幫我裁切買來的門板，安裝好之後，就完成貓用入口了。

「嗯，不錯嘛。」

「嘎——」

「對吧？」

從訂購到完成，整個工程花兩天時間。加上工具，總共花了三千日圓。

第2章……

特異功能篇

第1話　可憐的入侵者

深夜的住宅區。

「這裡就是目標人物家？」

「門牌上的名字一樣，應該沒錯。」

「那就趕快下手殺一殺。我想早點回家。」

三名男女說著一些危險的話，潛入黑暗之中。

「梅爾朵，殺人是不得已的選擇。我們要先抓到人。」

「好──啦。」

「托爾、梅爾朵，別說那些沒用的話。出發了。」

這樣說完之後，男人打算獨自進入這個家的外圍。然而，他被看不見的牆壁阻礙，無法前進。

「這是怎麼回事？」

「能設防護牆的特異功能人士？」

「閃開閃開，我把牆融化就好了。」

無視困惑的男人們，被稱呼為梅爾朵的少女觸碰了那道看不見的牆。

「……奇怪？」

不過，什麼都沒發生。

「嗯，讓主人設下結界是對的。從龍海那裡學到的術式也很有用。」

「「「！！？」」」

三人驚訝地看著磚牆上方。那裡有一隻黑貓。

「被結界阻擋在外就表示『你們抱著惡意，想闖進這個家』沒錯吧？」

一隻貓理所當然地說著人話，令三人感到困惑。不過，他們很快就冷靜下來，分析狀況。

「是操作動物的特異功能嗎？」

「也有可能是用變身能力，幻化成貓。」

「如果托爾說得沒錯，這下就有趣了。要是他以貓的樣子融解，會怎麼樣？」

聽到三人的對話，黑貓一臉驚訝。

「喂——喂——殺死這隻貓啦！」

「不行。這隻貓可能是目標人物。」

「這裡就交給我吧。用『束縛』的話應該會有些反應。」

男人這麼說完，便對黑貓伸出手。

「嗯，雖然聽不懂他們在說些什麼，不過這些人似乎不打算回答老身的問題……」

黑貓嘀咕後，輕輕地嘆了口氣。

✦✦✦

札幌市內某處突然出現一棟大樓。

其中一個房間裡的螢幕上，出現兩名老人和一名老婦人。而且，有一名女性正在和影像對話。

『契爾。臨時分部的狀況如何？』

「芙雷雅大人，人力、機械都足夠。沒有問題。」

被喚作「芙雷雅」的老婦人這麼問，「契爾」便淡然地回答。

『話說回來，已經查明打倒迪耶斯的對手了嗎？』

接著，其中一名老人詢問契爾。

「是，馮恩大人。剛才已經派『梅爾朵』和『托爾』前往打倒迪耶斯的目標人物家了。」

『派最接近A級的兩個人去嗎？這樣不會太過分嗎？』

被稱呼為馮恩大人的老人，以驚訝的語調說。不過，這是理所當然的反應。

梅爾朵這位少女，擁有液化觸摸物體的「融解」異能。只要觸摸就能融解任何生物，甚至讓對方死亡，也能夠過融解刀刃防禦攻擊。屬於泛用性高、攻防一體的「特異功能」。

除此之外，名為托爾的男人則擁有「玩具」這項特異功能。他能利用周圍物質，製作十二隻聽命行事的人偶。人偶的大小和性能雖然取決於使用的物質和製作時間，不過他也能製作出能力凌駕一整個分隊的武裝士兵。

也就是說，他一個人就能打造出超越一個中隊的戰力。

「我不只派他們兩個人去。如果可以最好活捉，所以也有派塞費克過去。」

『連A級的塞費克也派過去了嗎？』

名為馮恩的老人，再度驚訝地說。

『馮恩，冷靜一點。我尊重契爾的判斷。雖然是突襲，但對方可是打倒A級迪耶斯的人。如果要生擒，只派兩個B級的人過去，實在不放心。』

『可是，梅納斯大人。這樣的戰力，如果運用得當，足以讓國家陷入混亂啊。對一般人派出這樣的隊伍實在是……』

『無論再怎麼巧，一般人都不可能打倒迪耶斯。他也是很強的特異功能人士，這樣想比較合理吧。我也尊重契爾的判斷。』

名為馮恩的老人，聽完這番話只能默默不語。

『總之，先等他們三人回來吧。抓到或解決目標之後，就要進行迪耶斯未完成的任務，把「寒熱」、「賦予」、「結合」這三個人抓回來。這一點沒有異議吧？』

『沒有。』

『……我也沒有異議。』

『那就派A級的人過去吧。契爾啊，拜託妳務必順利完成任務。這一切都是為了讓我們能成為神啊！』

「遵命。」

契爾回答的同時，螢幕上的影像也中斷了。

為了確認任務的執行過程，契爾自行發動特異功能。

「塞費克、托爾、梅爾朵……咦？」

得知前去抓捕目標的三人目前的狀況，契爾驚訝地叫出聲。

✦ ✦ ✦

「還要讓你幫我搬東西，真是抱歉。」

「嘎——」

烏鴉叫了一聲，像是在說『不用客氣』。

「嘎、嘎——」

「沒事。我沒受傷。不過，我倒是怕打擾到鄰居。」

「嘎——嘎。」

烏鴉叫了叫，像是在說『已經確認過，沒人被吵醒喔！』

「這樣啊，那就好。不過，這個地方比我想像的還要亂。主人的安危令人擔心啊！可能需要派個護衛。」

「嘎——嘎——」

「嗯？你來做嗎？的確，能飛在天上的你比較適合。」

「嘎——」

「那能拜託你嗎？」

「嘎——」

烏鴉叫了一聲，像是在說『交給我吧！』

「那我們也回去睡覺吧！」

「嘎——」

工作結束後，黑貓和烏鴉穿過玄關設置的貓咪通道，各自回到自己的睡覺的地方。

✦ ✦ ✦

『今日淩晨，發現三名國籍不明的男女，昏倒在JR塔大樓屋頂上……』

「啊！」

我正在看新聞，結果小女孩突然轉台。

算了，也不是什麼值得注意的新聞。

「話說回來，我忘記說一件事。昨天晚上有小偷打算闖進來喔！」

「小偷？」

這是什麼八卦？比電視上的新聞更令人在意啊！

「我完全沒發現，沒有被偷走什麼吧？」

「沒事。還好有結界，對方連外圍都進不來。」

「喔喔！也就是說，結界調整成功了呢。」

小黑說最好預防萬一，所以我模仿神前對決時的結界，用結界包圍住整個家。

不過，如果只是單純設結界，那就誰都回不了家了。所以我透過小黑，請教班長的父親如何調整結界，自己試著做看看。

現在的結界只對「惡意與攻擊」有反應。這個結界好像會對我認為有惡意或者是攻擊性的行為產生反應，自動防範這樣的對象。

因為小偷有惡意，所以沒辦法進入結界。

「話說回來。這麼重要的事，應該早點跟我說啊！」

「抱歉，我忘了。」

小黑真的經常忘東忘西耶……啊！這麼說來，我也忘了。今天想做一件事。

「緊急家庭會議！」

「嗯？什麼？」

「嘎──？」

之前我就一直很在意，所以這次打算解決這個問題。那就是──

「──我想幫烏鴉和小女孩取名字。」

「這樣啊。」

「嘎──」

「……！」

雖然原本是想說需要的時候再取名字就好，不過現在情況不同了。烏鴉也需要名字，不過小女孩更需要趕快取個名字。

因為鄰居伊佐婆婆和附近的媽媽們都很疼愛小女孩，經常會被問起名字。之前我一直都岔開話題，但也已經到達極限。

「嗯，雖然說是會議，但名字我已經想好了。」

「嘎！？」

「……！」

烏鴉和小女孩都用充滿期待的眼神看著我。不不，別那麼期待。我想的名字很簡單……

「首先是烏鴉。你就叫做『小白』。因為你和小黑感情好，就湊成一對，而且意味著陰陽……總之，原因很多啦。」

喔！這就表示烏鴉很喜歡這個名字吧？那就這樣吧。

「嘎——！嘎——！」

「再來是小女孩。妳的名字是『鈴』。Tsudome塌陷這件事令人難以忘懷。當時，妳收刀的時候，聲音像鈴鐺一樣，所以就拿來命名了。」

「……嗯！」

喔喔！她剛剛是說話了嗎？為什麼在這個時候說話？……她好像還想說些什麼。

「……點……點心。」

「點、點心？」

喔喔！點心？為什麼挑這個時候？

話說回來，第一個說出口的單字就是點心……還真是一如往常地我行我素啊。

取好小白和鈴的名字，鈴也開口說話了……雖然是隨便開始的家庭會議，但也算是個值得紀念的日子。

「那就來慶祝一下吧！」

我拿出買來當點心的餅乾，躺在暖桌裡，和大家一起耍廢慶祝。

✦✦✦

札幌市內某大樓的其中一個房間裡，有一名苦惱的女性和漫不經心眺望窗外景色的高壯男子。

「結城幸助……他到底是何方神聖？」

「天知道。我連他的長相都沒看到就輸了，所以不知道啊。我連被撂倒的記憶都沒有，醒來就在拘留所，我還以為自己在做夢。」

針對女人的疑問，高壯男子大笑著回答。

這名女性名叫「契爾」。

她在以「成為神」為目標而聚在一起的特異功能組織「蒂凡」當中，擁有「A級」的地位，只有特異功能昇華到極致的人才能列入A級。

而體型高壯的男人名叫「迪耶斯」。因為特異功能強大，所以和契爾一樣，同屬A級的特異功能者。

他看著苦惱的契爾說：

「用契爾小姐的特異功能，看不出什麼嗎？」

契爾的特異功能是「感知」。這種特異功能可以感受半徑數十公里內發生的事。

就算身處密室之中，依然能夠感受範圍內的影像和聲音，這種特異功能雖然不適合戰鬥，但通用性佳、效果範圍大，所以被認定為A級。

「黑貓秒殺三人，戰鬥就結束了。目標人物結城幸助甚至沒有露面。他家設有透明的防護牆，我無法感知內部狀況……謎團反而變得更深。」

「如果由伊或托瑞在的話，是不是就能窺探到防護牆內的狀況？看起來內部也有連接網路……」

聽到這句話的契爾，用足以凍結空氣的冰冷視線望向迪耶斯。

「你在說什麼？他們已經死了。更何況，因為他們的關係，讓『寒熱』、『賦予』、『結合』這三個人逃走。不要再跟我提起那些背叛者了！」

「對、對不起。」

「還有，總部本就打算駭進結城幸助家的電腦，但也沒有成功。所以，就算他們在也沒有用。」

契爾雖然內心深處帶著怒意，但仍然回答了迪耶斯的疑惑。

「原、原來是這樣啊。那個，我很抱歉。」

這些都是因背叛組織而被處理掉的前同伴。沒有多想就提起他們的迪耶斯，再度對著契爾靜靜反省。

契爾並不是不能理解迪耶斯的想法，所以她沒有再多說什麼，便拉回正題。

「總之，結城幸助這件事，連總部都很震驚。沒人能想到他會有同伴能秒殺一名A級和二名B級特異功能者。總部現在應該正徹夜開會討論中。」

「……哇，總部的人也很辛苦啊。」

契爾瞪了一眼重振精神但始終置身事外的迪耶斯，只是他望著外頭並沒有發現。

「唉……」

契爾看著迪耶斯那副模樣大嘆一口氣後，開始談今後的計畫。

「總之，現在只能等塞費克、托爾、梅爾朵等人獲得釋放以及總部的指令。我想，逮捕『寒熱』、『賦予』、『結合』這三個人的指令應該會先到。屆時會需要你，所以趁現在先休息吧。」

「了解。」

聽到契爾的話，迪耶斯點點頭便離開房間。

打亂幸助安穩生活的特異功能組織，正悄悄出動。

✦ ✦ ✦

幸助一邊聽公民課，腦中充滿某個煩惱。

「戶籍和居民證啊……」

幸助在煩惱鈴的戶籍和居民證。鈴雖然是式神，但是她和小白都不同於一般式神，完全沒有消失的跡象。

儘管已經透過小黑詢問班長的爸爸，但似乎從未有過這樣的例子，所以他也不知道怎麼讓式神消失。

也就是說，她今後會和我一起生活。既然如此，以後應該就會出現需要身分證明的時候。

「怎麼辦……有沒有能夠操縱記憶之類的術式啊？」

雖然看了好多個催眠術的影片，但都沒辦法學會。看樣子，這是一個很重視事前暗示的技能，沒辦法看影片就獲得足以學會的資訊。

儘管還想和班長的爸爸討教陰陽術，不過他已經幫我太多忙了。在沒告知對方身分的情況下，繼續拜託對方幫忙，實在不合情理。

不過，目前還沒有問題，之後再來想辦法好了。

「幸助，你連這種題目都不會喔？哇——」

「吵死了，這種程度的題目我看得懂啦！」

因為一邊看著作業一邊煩惱，讓瀧川產生誤會。

「安靜一點，下一堂課要開始了。」

「上課，好麻煩啊——」

「下一堂課……啊！」

被石田這麼一說，我想起來了。瀧川雖然還沒發現，不過下一堂的綜合學科——

「——各位同學，請就坐。我要開始說明下個月的『宿營活動』。」

班長說的「宿營活動」讓教室開始出現騷動。

「宿營活動」是入學一個月後，也就是下個月初會進行的三天兩夜戶外教學。

我們這所高中，一年級會有「宿營活動」與『臨海學校』；二年級會有「林間學校」與「修學旅行」，需要住宿的活動非常豐富。學校的態度是平常授課雖然嚴格，但該放鬆的時候也會讓學生徹底放鬆。這也是我在眾多市內高中之中，刻意選擇這裡的原因之一。

「我現在發下去的說明上也有寫，今天我們就要分組。五人一組，每一組都要有男女各兩名以上。」

教室變得更嘈雜了。

喔，「現充隊」已經迅速出動了。

「我們一組吧！」

「阿知同學！好啊——」

現充隊和其他小團體都一一動起來。

「幸助、成行，我們再不快點找女同學就……」

「瀧川，冷靜點。」

「石田說得對。冷靜、冷靜。」

以我們三個一組為前題思考的話，還差兩位女同學。不過，我們不需要擔心。我們班總共四十人，男女生各二十名。最後剩下的女同學應該會來找我們。

「再這樣悠悠哉哉的，可愛的女生都要被選走了啦！」

「呿，事到如今才說這些話。」

石田說得沒錯。這傢伙，事到如今說這些有什麼用？

我們班的男生大致分四個團體，而且存在不成文的階級制度。

其中，階級最高、發言力最強的團體就是「現充隊」。這個團體內聚集各種成員，從輕浮男到容易被調侃的人都有。

接著是以棒球隊為中心的「運動隊」。再來則是聚集擁有動漫等各種嗜好的「阿宅隊」……最後就是我們三個人組成的「不三不四隊」。

因此，就算我們主動邀請女同學，結果應該也沒什麼不同。

「可惡，為什麼我會在這一隊裡……」

「來者不拒，去者莫追。」

「瀧川，保重啊。」

「能在這一隊，我真的很開心！」

順帶一提，雖然我們是階級制度中的最底層，但並沒有被霸凌。我們和現充隊、運動隊的成員，平常也會聊天。

只是，在這種需要分組的時候會變成多餘的人而已。

「水、水上同學，妳、妳要不要加入我們這一組？」
喔喔！現充隊的其中一員不懼地下組織「水上同學後援會」的視線，大膽邀請了班長！
順帶一提，地下組織的成員分布在每個小團體裡，規模大小不明。
「那個，謝謝你邀請我。不過，我有想邀請的人，所以很抱歉。」
「「「「！！！？」」」」
教室瞬間一片安靜。
雖然大家很快就像什麼都沒發生一樣開始說話，但都是「今天天氣真好──」、「對啊──」之類毫無內容的對話。
大家都一邊假裝說話，一邊注意班長的動向。
「水上同學……想邀請的人？」
「冷靜。我們是為對方祈求幸福的組織。無論那個人是誰，都要用寬大的心胸守護他，這才是我們扮演的角色。」
在一片嘈雜中，傳來這麼一句聽起來很帥氣的話。大概是地下組織的人吧。
側眼環視整間教室，有人臉上充滿期待，心想該不會是自己雀屏中選，也有人一臉不可置信、完全愣住，大家的反應都不一樣。
真是有趣的班級。
「小相，抱歉。」

「無所謂啊，反正我本來就打算和潤葉一組。所以呢？妳想要找哪個男同學？」

班長和相原榮華同學一起邁開腳步。

相原同學身高將近一百七十公分，短髮再加上運動萬能，是個廣受女同學喜愛的帥氣女子。有時會顯露出可愛感，這種和外表不同的落差讓她也很受男同學歡迎。因此，她是我們班僅次於班長的NO．2人氣女孩。

不過，兩人並肩走在一起……實在是太厲害了。

「是摩西分海。」

瀧川說了句奇妙的話，不過，他說得沒錯。為了不擋到兩人的去路，人潮往兩旁散開形成一條道路。

而且，兩人經過之後，站在原地的男同學都因為自己沒有被選到而震驚，紛紛垂頭喪氣。

「嗯？」

看樣子，班長好像朝我們這裡走過來。我也像其他同學一樣，靜靜讓道。

「結、結城同學。」

「我、我嗎？」

在我面前停下腳步的班長，叫了我的名字。

「那個……」

相原同學像是在說「加油」一樣地拍了拍班長的背。

「那個。我可以加入結城同學這一組嗎？」

「呃……當、當然歡迎。」

「謝謝你！」

聽到我的回應，班長笑容滿面。雖然我還搞不清楚狀況，但班長真的很可愛。

「雖、雖然不甘心，但幹得好啊！幸助！」

「加上相原同學就剛好五個人了。那我們就一組囉！」

瀧川和石田似乎也都同意，就這樣我們這一組定案了。

比起這個，周遭的反應讓我不得不在意。

「呀──潤葉同學好大膽喔！」

「……我要殺了他。」

女同學尖叫不斷，男同學則是用彷彿流著血淚的眼睛瞪著我。

這是什麼情形？好像有種似曾相識的感覺。

「結城……好厲害喔。」

「這就是所謂的男人不能看外表嗎？」

現充隊那裡傳來頗為失禮的感想……

「結城。」

嗯？現充隊的首領阿知，也就是佐藤知幸和我搭話。

「我認輸，結城，我們班就交給你了。」

「……咦？」

這天，「不三不四隊」登上本班階級制度第一名的寶座。

✦ ✦ ✦

「托瑞、托瑞。喂喂，你看、你看。」

「由伊，怎麼了？」

西日本某處的休息站——停在停車場的露營車內，有一名少女興奮地盯著電腦畫面。

「我現在、現在啊，駭進組織的活動紀錄了。」

「我說妳啊……那邊也有『電腦』的特異功能者耶。」

「沒問題、沒問題。我才不會輸給B級的菜鳥們。不過，盜取活動紀錄有點驚險就是了。」

面對由伊若無其事做出可能動搖目前生活的行為，托瑞露出傻眼的表情。

「比起這個，你看你看，這個。」

名為托瑞的青年，盯著電腦畫面看。

「這是！組織的人來到日本了嗎？而且還是來札幌？」
「嗯……是小霞他們在的地方。」
托瑞的表情變得扭曲。
「我現在就馬上去救他們……」
「不行不行！你看這個。他們出動了兩名B級、三名A級的人！托瑞雖然強，但也打不過這五個人。」
「可是，再這樣下去一定會被這些人逮到。如此一來，這個世界可能就會落到組織手裡。」
托瑞露出不甘心的表情低語。
「在那之前，你看你看，這個。」
名喚由伊的少女，再度把電腦畫面轉向托瑞。
「好像有隻擁有特異功能的黑色貓咪打倒兩名B級和一名A級的成員，而且還是秒殺。」
「怎麼可能！」
托瑞對這個事實感到驚愕。
報告書中寫著「因為一時掉以輕心，被敵人乘隙攻擊……」，但托瑞知道這三個人，不是這點程度就會被秒殺的人。
「不只這樣而已喔。黑色貓咪的夥伴是個高中生，據說他打倒了迪耶斯。」

「那個迪耶斯嗎？」

迪耶斯可是A級特異功能者。平常雖然沒什麼幹勁，但在組織中，他的戰鬥實力仍屬頂級。

連托瑞自己都要抱著必死的決心和他對戰才有可能贏。

「而且，說被打倒也不太對，好像是醒來之後人就在拘留所了。逮捕到他的警察也說想不起詳細狀況。就連逮捕的原因也不記得了……就像是勉強編個故事，讓事情說得過去一樣。」

「這也就是說……」

「嗯。有可能是『改寫現實』的能力。」

由伊以認真的表情說出這句話。托瑞聽到這句話後睜大眼睛，以高聲調說：

「這不就是組織的目的『神之異能』嗎？」

「有可能啦，只是有可能。不過，我想拜託那名高中生保護小霞他們耶～」

「什麼？」

「妳在說什麼啊！」托瑞差點喊出聲，但隨即沉默不語。因為他知道，面對重要的判斷，由伊不會不經思考就說出口。

「沒問題、沒問題的，我都想過了。這名高中生叫做結城。我調查了他的經歷，非常普通。無論從哪個方向調查都很普通，就是平凡的一般人。」

「……他有可能使用『神之異能』改寫出偽造的經歷吧？」

「雖然有這個可能，不過他願意扮演一般人，就表示他不是壞人吧？雖然可能有什麼限制或條件，但他要是願意，應該能輕鬆成為有錢人或坐擁後宮佳麗三千人的啊。」

「原來如此……」

如果忠於惡意和慾望的人擁有「神之異能」，那麼扮演平凡一般人的可能性就很低。如此想來，托瑞倒是能認同由伊的話。

「不過，這些都是推測。總之，現在我們知道的只有結城擁有幫助小霞他們的能力，而且和組織處於敵對狀態。而我們則無法幫助他們。」

「沒有其他選擇了啊……」

聽完由伊說明，托瑞思考了一下便決定贊成她的提議。

「那我就試著請求這個人的幫助囉。」

「我知道了。不過，如果有萬一，我也會出動！」

如果組織獲得「神之異能」，那麼現在的生活就一定會瓦解。托瑞認為就連和由伊對話的瞬間都很寶貴，所以想到這一點便悄悄地下定決心。

「沒問題的，托瑞。我們的自由不會再被奪走了。絕對不會讓任何人奪走的……」

由伊的手溫柔地包覆著托瑞握緊的拳頭。

✦ ✦ ✦

「嗯——」

走在回家的路上，我一邊回想今天發生的事，越想越覺得謎團難解。

所謂今天的事，指的是班長的態度。可能是我太臭美，但氣氛感覺像是班長她……對我有好感。

「不過，我不記得有做過什麼會讓班長愛上我的事情啊。」

多虧多黑A夢給我的秘密道具，她應該不知道我就是神前對決的面具術師才對。所以，不太可能是因為神前對決。

班長很受歡迎，因此在學校我不曾和她有過討論班務以外的對話。既然如此，也不太可能是因為在學校發生的事情。

「這樣看來，她喜歡的人可能，可能是除了我以外的人囉？」

我可以加入結城同學這一組嗎……班長是這樣說的。所以是，瀧川嗎？

「不可能吧。難道她的目標其實是石田？」

這個可能性比較高。雖然有點遺憾，但還是別太在意好了。嗯，在意就輸了。

比起抱著奇怪的期待結果落空，這樣反而比較好。在中庭發生的事，已經被遺忘了。

「比起這些，更重要的是好好享受今天的繞道小旅行！」

我重振精神，抬頭看著JR塔大樓。我現在位於札幌車站。

為什麼會來這裡呢？這是因為我發現，我根本沒有好好享受難得的都會生活。

自從搬到札幌之後，已經過了三週。被電車撞飛、遇到神仙爺爺、重新復活、遇到小黑和小白、參加陰陽術師對決、遇見鈴……真的發生好多事情。因為這段期間我仍然都有上學，也被課業追著跑，所以完全沒機會感受札幌這個城鎮。

「今天就好好地享受吧！」

札幌站只是個起點而已。我還有個從入學以來就一直很想去的目的地。今天，無論發生什麼事，我都要去！

「札幌地下街，好猛喔！」

從札幌車站走到地下通道，進入通稱「Chi-Ka-Ho」的地下步道空間。

這裡是怎麼回事？明明是地下，卻有街頭藝人表演！哇，還有市集耶！咦，什麼？異世界？這裡是異世界嗎？

「冷、冷靜，我的目的地不是這裡。」

對，目的地還沒到。這裡只是路過而已。

雖然邊走邊被路邊的景物吸引，但我還是繼續走到大通站並尋找三十五號出口。

「啊，有了！」

這裡就是傳說中的三十五號出口啊！

「好！」

我打起精神，走上階梯。一出站，就發現外面——

「——安○美特、m○lonbooks、虎○穴！」

不只這些而已。各種御宅族商店都聚集在三十五號出口！這裡就是我真正的目的地。

「好像做夢一樣……嗯？」

就在這份感動令人心中為之沸騰的時候，我發現周圍的人都抬頭看著天空。

「咦，這是什麼？太恐怖了吧。」

「世界要終結了……嗎？」

「好猛喔……」

我也往相同的方向抬頭望去，周邊大樓的屋頂和電線上滿滿都是……烏鴉。

「……嗯？咦？」

好恐怖！這是什麼啦！

這群烏鴉當中，最高的地方停著一隻眼熟的白烏鴉。

「……嗯，應該是我多心了。大概是剛好長得像而已。」

我心裡這麼想，一邊從三十五號出口往旁邊移動。

結果，那隻白烏鴉和我保持一定的距離一起移動了。

而一大群烏鴉也跟隨白烏鴉集體移動。

「討厭，好恐怖喔。」

「呃，這太誇張了吧？」

周圍陷入輕度恐慌的狀態。

「……先到安○美特去吧！」

此時，我決定悄悄往○大大樓的二樓走。

「哇喔喔喔喔喔喔！」

我重振精神，盡情享受安○美特的時光。

這間店還滿寬敞的。店內充滿耀眼奪目的御宅相關、貼在牆上的告示貼紙。

國中的時候曾經趁到祖父母家問候順道過來朝聖……

「現在只要想來隨時都能來了。」

我一邊感慨一邊走向漫畫區。

店頭放的都是當季作品，當然要馬上來物色想看的漫畫！

「這一部都出到這麼多集了啊。喔！這部作品已經拍成動畫了……啊，對不起。」

我一邊自言自語一邊沉醉在物色作品中，一時沒注意到旁邊的人，所以撞上對方。

「對不起，你沒事吧？」

「我沒事。我才要說抱歉……啊！」

「啊！」

我撞到的人，是個藍色短髮戴著眼鏡的女孩。應該是說，她就是之前在鬧區，我曾經出手相助的眼鏡女孩。

「這……還真巧。」

「對、對啊。」

放學後來到這裡的勇士，原來不只我一個。真是令人開心的偶然。

「話、話說回來，之前沒報上名字就走了，真是抱歉。」

「哪裡哪裡，我也是啊！」

因為久別重逢，我們的對話有點尷尬，不過總算是彼此都做過自我介紹了。

眼鏡女孩叫做月野霞。

嗯？月野？

「小霞～啊，找到了。」

她應該是在找月野同學吧。頂著紅色短髮的女孩，往我們這裡走來。

嗯？好眼熟……啊！那是從刺蝟頭不良少年手上拯救我的月野燈同學！

「啊，姊姊。」

姊姊？

「咦？你不是那個神力高中生嗎？我記得你叫做結城對吧？好久不見啦——」

「好、好久不見。」

神力高中生的傳聞還沒消失啊？

「咦？小霞和結城同學認識嗎？」

「嗯。他就是之前救了我的人。」

「啊！妳在鬧區遇到的人對吧！」

在鬧區出手相助這件事，燈同學也向我道謝。雖然我還沒消化兩人就是姊妹這件事，但總之我先接受對方的謝意。

和月野姊妹閒聊一陣子之後，那個刺蝟頭男子往這裡走來。

「搞什麼，原來在這裡啊？」

「啊，蒼司！這裡這裡。」

蒼司……就是那個刺蝟頭不良少年啊！

✦ ✦ ✦

「蒼司，這次見面你要好好向結城同學道歉喔！」

「為什麼啊。本來就是那傢伙自己在害怕而已。」

從安〇美特回家的路上，三名男女快樂地對話。

「結城同學是好人，而且很勇敢。」

「對啊。他幫了小霞，你要好好跟他相處。」

「咕，我知道啦。我道歉就好了吧，我道歉啦！但我可沒打算跟他好好相處。」

葛西蒼司被月野姊妹責備，最後同意道歉。不過，堅決抵抗和我交好。

此時，霞同學的手機發出聲響。

「啊。是由伊姊傳來的訊息。」

「咦，由伊姊嗎？」

「小霞，給我看看！」

兩人紛紛插嘴，看著霞同學的手機螢幕。

『你們學校有個叫做結城幸助的同學吧？最好和那個孩子好好相處。』

和往常一樣簡潔的文字，讓三人面面相覷。

「她現在應該和托瑞哥一起在京都旅遊吧？到底知道多少事情啊……」

這個時間點傳這種訊息過來未免也太巧合，蒼司露出驚訝的表情。

「由伊姊也希望蒼司你能和其他人好好相處喔！」

「結城同學是好人。我希望你能好好跟他相處。」

「知道了啦。我會跟他好好相處，這樣可以了吧！」

沒辦法回絕和自己有相同境遇的兩姊妹以及給予自己自由的恩人，蒼司冷淡地點了個頭。

✦ ✦ ✦

「話說回來，還真是嚇了一跳。上次從公園回去的時候，霞同學說有人來過來會合，沒想到就是燈同學和那個刺蝟頭不良少年。」

和刺蝟頭不良少年會合之後，對話就驚人地中斷了。所以，我只好假裝自己還有事，自己踏上歸途。

我知道就算現在打起來也不會輸，不過至今還是無法擺脫第一天上學時的陰影。一想到我和月野姊妹說話的時候，他瞪著我的眼神……嗚……好恐怖、好恐怖。

順帶一提，帶來大群烏鴉的白烏鴉，果然是小白。

看樣子他是來當我的護衛。我不知道小白變成烏鴉首領的理由，也不知道他怎麼會跑來保護我，不過再繼續下去恐怕騷動會擴大，所以只比了個手勢示意他回家。

「咦？這條路正在施工嗎？」

我邊走邊想著這些事情，接著便看到路上立著一塊施工中的告示。早上明明很正常，不過看來是已經開始施工了。

「現在雖然正在施工，不過還是可以通過，請進。」

「啊，這樣啊。那就打擾了。」

走到告示牌前時，施工的大叔同意讓我通行。這樣就不需要繞遠路了，真是感謝。

這裡平常是沒什麼人煙的寂靜道路，今天停了好幾台施工用的車輛，引擎聲有點嘈雜。

「咦？沒有施工的人嗎？」

無人自動運轉嗎？應該不是吧？

「打擾了。你就是結城幸助？」

「咦？是，是我沒錯……」

我想趕快走過這裡，結果被迎面走來一個奇怪男子纏上。他身穿燕尾服，頭上戴著大禮帽。為什麼穿成這樣？應該是說，他怎麼知道我的名字？

「嗯。那就，永別了。」

大禮帽男用手上的拐杖敲敲地板後，停在旁邊的挖土機就變身成機器人。

「……咦？」

完全搞不清楚狀況的我，被這隻變形〇剛的鐵拳痛毆。

「托爾和梅爾朵去攻擊結城幸助？」

「是、是的。」

聽到部下的報告，契爾不禁按著額頭。

「怎麼會做這麼愚蠢的事……」

被丟在JR塔大樓的塞費克、托爾、梅爾朵等三人，在組織的救援下已經被釋放。不過，只有塞費克一個人回到分部。

沒回來的托爾和梅爾朵，從以前就經常有這種擅自行動的習慣。因此，契爾心想他們應該只是像平常一樣又繞道去了某處，沒有太重視這件事。

「早知道我就好好感知他們的動向……」

契爾按著額頭，默默後悔。

「他們帶了幾個人手，封鎖結城幸助回家的部分路段。現在似乎已經進入戰鬥階段。」

「真的是自作主張、任性妄為……」

契爾馬上發動「感知」能力。

從臨時分部到結城幸助家，不到數十公里。如果是在回家的路上，就還在契爾的感知範圍內。

「找到了，才剛開始打起來。馬上加派人手過去！C級以下的人也可以帶過去。注意不要讓周圍的居民發現，盡量強化遮蔽工作！還有，打完之後如果沒有被殺死，一定要把托爾和梅爾朵帶回來。」

「了解！」

部下迅速離開房間。

「事已至此，那就沒辦法了。趁這次機會，好好鑑定結城幸助的實力吧！」

契爾一邊這樣喃喃自語，一邊集中精神發動自己的特異功能。

✦ ✦ ✦

為了方便除雪，這條巷子造得比較寬。毫無人煙的巷弄裡，數度響起工程用車輛的引擎聲伴隨鐵塊撞擊的聲音。

「打起來有反應。無論他擁有什麼特異功能，應該都不可能毫髮無傷。」

身穿燕尾服、頭戴大禮帽的男子，看著數度揮動鐵拳的機器人這麼說。

然而，事情完全超出他的預料。

「什麼？」

攻擊之後，揮動鐵拳的機器人四肢被切斷，崩毀似地當場倒地。

接著，在殘骸中現身的少年，雖然制服殘破但毫髮無傷。

「為什麼承受那種程度的攻擊，還能毫髮無傷？」

「吵死了！這是商業機密！」

少年這樣大喊之後，重新握緊美工刀。

「雖然不知道你為什麼毫髮無傷，不過你是用那把美工刀施展特異功能，破壞了我的機器人嗎？」

「咦？特異功能？」

「你裝傻也沒有用！再怎麼說我們都是A級的高手，這次換你壯烈犧牲了！」

無視歪著頭的少年，托爾逕自全力發動特異功能。

✦ ✦ ✦

被鐵拳痛毆的時候，我真的以為死定了。不對，已經犧牲兩張，表示我本來應該已經死了兩次。

「雖然是試作品，不過有發揮功能真是太好了。」

我摸著貼滿大腿和腰部的「替身符」喃喃自語。

「話說回來，剛剛承受了死十次也不奇怪的鐵拳……竟然只用了兩張啊。」

罷了，之後再來思考吧。

眼前，巷弄裡充滿工程用車輛變身而成的機器人。現在得想辦法解決這些傢伙才行。

數量大概有九隻？

「來吧，我就讓你好好體驗我的『玩具』特異功能，有多麼精采！」

從剛才就滿嘴特異功能、特異功能，這傢伙到底在說什麼啊？而且，不只突然殺過來，還把我的制服、書包、教科書都弄壞了，真是不可原諒！

「吃我這一招！」

「這一句是我的台詞吧！」

人形砂石車突然衝過來，不過動作很慢而且單調。只是體積龐大而已。

「飛行斬擊！」

我用纏繞在美工刀上的靈力釋放斬擊。這是在神前對決時，從西裝眼鏡男身上學到的陰陽術。砂石車解體完成！

「原來如此，你擁有發出斬擊的特異功能。不過，我的玩偶還多著呢！」

大禮帽一聲令下，變成機器人的吊車、挖土機、壓路機紛紛朝我這裡攻擊。

「嗯？等等。」

我本來以為這是機器工學的結晶，難道……這就是大禮帽所說的特異功能嗎？

我一邊破壞衝上來的機器人一邊觀察。結果——

「——我學會了！」

原來如此，這就是特異功能啊！雖然原理和陰陽術不同，不過還是可以順利學習。

嗯嗯，原來這就是「玩具」的特異功能啊。利用周圍的物質，製作出聽命行事的人偶。雖然和式神術不同，但不需要符咒作為媒介還真是方便。

「不過，現在沒辦法用。」

我不能使用和式神術擁有相似性質的特異功能。

畢竟家裡已經有烏鴉和小女孩了，如果家裡再來個巨大機器人那就麻煩了。

「去吧！都出動吧！」

緊接著又有兩隻機器人襲來，不過沒關係。我一一把它們大卸八塊了。

順帶一提，我怕身體的部分有人在裡面操作，所以只斬斷四肢。

「可惡，又來了！」

剩下三隻啊。不過——

「——好大……」

大禮帽站在其中一隻機器人的手掌上，就像發號施令的指揮官一樣。那傢伙是一般尺寸，所以應該可以輕鬆解體。然而，負責保護的兩隻機器人非常龐大。體型比之前那些機器人大一倍。

「嗚喔喔！」

動作雖然一樣緩慢，但拳頭大了一倍。所以，很難躲得掉。這樣的話就無法靠近了……沒辦法。

「雖然有點害怕，不過飛飛看好了。」

我脫了鞋襪，從腳底釋放「散炎彈」。

「什麼！還能飛天？」

沒錯，我能飛！為防萬一，沒上體育課的那天，我在腳底寫了「散炎彈」的術式。

順帶一提，手臂沒有畫。如果捲袖子的時候被看到，一定會被當成中二病患者。

「飛吧，斬擊！」

我從空中發散斬擊，解決了兩隻大型機器人。接著，當我準備靠近剩下的指揮官機器人的時候——

「啊！」

——背後受了一拳，我被擊落在路面上。

「可惡，『散炎彈』！」

我揉揉疼痛的左臂，使出散炎彈避開攻擊。機器人的鐵拳旋即朝我被擊落的地方重擊。

「好危險！」

雖然被打中也不會死，但是會痛啊。被打的左臂雖然也沒受傷，但有點痛。

剛開始的鐵拳連擊真的超級痛。

「話說回來，為什麼從背後……啊，原來是這樣啊？」

巨大的機器人似乎是兩隻結合起來的。我斬落的只有上半身機器人的雙臂和下半身機器人的雙腿。

下半身機器人把細瘦的手臂伸到最長，然後拚命旋轉手臂。

「飛行斬擊！」

我迅速把這隻機器人解體。順便也滅了之前沒有打倒的其他機器人。

「能夠發出飛行斬擊、會飛、無論任何攻擊都不會受傷……到、到底什麼特異功能可以做到所有的事？」

「這是商業機密！」

大禮帽半抓狂般地亂吼亂叫，但我可不打算把原因告訴這種突然襲擊別人的無禮之徒。

看他說話的樣子應該不知道陰陽術，那就讓他繼續混亂下去吧。

「散炎彈！」

我利用散彈的推進力衝向大禮帽。

「哼，才不會讓你靠近我！」

指揮官機器人甩動手臂，但已經太遲了。我瞬間就把它的四肢砍落。原本站在手臂上的大禮帽，因為這次攻擊跌得四腳朝天。

「為什麼要偷襲我？說吧！」

我用美工刀威脅大禮帽並問了這個問題。

「嚇！……我就是想開開玩笑。」

「啥？」

就在我因為大禮帽這一句「開開玩笑」而湧現怒意的時候——指揮官機器人的身體開始融解，有個人衝過來抱著我。

「抓——到——了——」

定神一看，發現衝過來抱我的人是一名身穿無袖背心的紫髮少女。這傢伙是誰？應該是說，為什麼穿這樣？不冷啊？

「融化吧！」

背心少女這麼一說之後，和少女皮膚接觸的衣服明顯開始融解。

糟了！原來是這種特異功能！

「等你發現已經太遲了！……咦？沒辦法融解？」

呼，害我緊張了一下。衣服雖然都融解了，但身體還好好的。讓這種攻擊毫無效用的應該是「替身符」。

「咦，為什麼？你為什麼不會融化？」

「……嘿咻。」

我輕輕推開有點陷入恐慌的少女，盯著她的臉看。如果沒有「替身符」的話我可能早就死了，所以我不打算手下留情。

「……亂動的話我會瞄不準，所以妳最好老實一點。」

「咦？」

「男女平等拳之上鉤拳攻擊！」

所謂的「男女平等拳」我受到某部神作的感化，自創出讓對手安全昏厥的其中一種奧義之拳。

我學會各種形式的上鉤拳。然後結合每種形式，調整成自己用的招式。這樣的技巧可以讓對方幾乎不留外傷，但失去意識。

「好，這樣就成功了。」

彷彿輕撫下顎的一拳，讓少女前往夢鄉。

「好了……」

「嚇！」

回頭看大禮帽，他變得非常害怕。原本是王牌的少女出乎意料倒下，似乎讓他大受打擊。

嗯，話雖如此，我也不會因為這樣就饒了他。畢竟我差點被殺了，跟他多害怕一點關係也沒有。

「喂！大禮帽！」

「嚇、呃……」

「奇怪？」

我只是以稍微強硬的口吻大喊一聲而已……大禮帽好像就已經前往夢鄉了。

到底是有多害怕啊……

「沒辦法。總之，先回家吧！」

雖然很在意被襲擊的原因，不過這些之後再找黑貓商量就好。

我迅速回收那些被鐵拳摧毀的東西和脫下來的鞋子。被融解的上半身制服雖然已經不再繼續液化，但也已經殘破不堪。根本沒辦法穿了。

「……神哪，對不起。」

這是不得已而為之。這應該不算竊盜。

儘管我心裡這樣想，但為防萬一還是一邊向神明道歉一邊奪走大禮帽的燕尾服。燕尾服雖然也很顯眼，但總比裸著上半身好。

「嗯？有訊息？」

穿好燕尾服之後，我聽到手機響起有新訊息的提示音。也就是說，我的手機還沒壞！確認一下，發現畫面雖然有點裂痕，但完全可以使用。應該是撞到的地方無傷大雅，真是令人開心的意外。

「啊，訊息、訊息。」

看到手機上的收件匣有一封未讀的訊息。標題是：

「你好！我是由伊。我有事情想請你幫忙，可以嗎？」

還沒打開就覺得充滿詭異的氛圍。嗯，很明顯是垃圾訊息。

「刪除。」

我刪除了垃圾訊息，急忙趕回家。

✦✦✦

特異功能組織「蒂凡」位於札幌市內的臨時總部裡，「感知」特異功能者契爾正在某個辦公室透過螢幕進行匯報。

『嗯。從報告看來，結城幸助很可能是「陰陽術師」。既然如此，之前那隻黑貓，就可能是「妖怪」之類的存在。』

特異功能組織「蒂凡」的創辦人兼執行長梅納斯，很快就找到答案。梅納斯的說法，馮恩和芙雷雅都認同地點點頭。

他們很快就理解，是因為本來就知道「陰陽術」的存在。不只他們，組織本身原本就知道，世界上有「陰陽術」和「魔術」存在。然而，知道這些資訊的只有A級以上的特異功能者和部分成員而已。

因此，B級的托爾才會直到最後都沒發現幸助用的是陰陽術。

『使用比「特異功能」效果更差的「術法」就能打倒兩名B級的特異功能者，表示結城這位少年是很厲害的術師。』

『術法和特異功能不同，可以引發各種現象。馮恩啊，不能小看對方。』

『是，非常抱歉。』

馮恩知道「特異功能」的優勢，所以說出輕視「術法」的話，結果被梅納斯責備。

『言歸正傳吧！契爾啊，結城幸助暗殺失敗後，托爾和梅爾朵擅自行動……送妳過去當指揮官，或許是我失策了。』

梅納斯說了一句令契爾氣餒的話。

「梅納斯大人。能不能再給我一次挽回的機會？」

『挽回的機會嗎……』

梅納斯陷入沉思。

因為超乎理解的現象，導致迪耶斯被逮捕、A級和B級特異功能者被一隻黑貓秒殺。還有，推測應為一流陰陽術師的結城幸助施展了各種術式。雖然契爾要負莫大責任，不過除了這一點，出乎意料的情況實在太多了。

梅納斯考量這些緣由，決定按照契爾的要求，再給她一次挽回的機會。

『好吧。現在就不管結城幸助了。雖然為時已晚，不過今後不要再跟他糾纏。還有，要以捕捉「結合」為優先，抓到人之後馬上撤離臨時分部。立刻把人帶回總部。懂了嗎？』

「是，感謝您。我一定不會辜負您的期望！」

看到契爾低頭的樣子，馮恩和芙雷雅都滿意地點點頭。

這些人之中，只有梅納斯心裡有股難以言喻的不安揮之不去。

✦ ✦ ✦

回到家之後，我和大家商量被襲擊的事，最後結論是請班長的爸爸幫忙。隱藏自己的真實身分，還要再拜託對方幫忙實在很不好意思，但這次實在別無他法。因為已經沒有其他解決的方式了。

根據小黑的說法，班長的爸爸似乎是個情報通，說不定會知道些什麼。因此，我決定拜託小黑之後去打聽看看。

這件事就算解決了……

「哇喔喔喔，好厲害！」

我馬上就決定要來試試看剛才打鬥時學到的特異功能「融解」。

我的天哪。這實在太厲害了，超方便的啊！

「嗯？你在做什麼？」

「我試著做了蘋果汁。剛才打鬥的時候我學會『融解』這個特異功能，所以想說來用用看。」

「嗯？你學會『特異功能』？」

小黑歪著頭很疑惑的樣子，所以我簡單地說明了自己已經會用「融解」和「玩具」等特異功能。

結果，小黑整個愣住了。

「小黑，你沒事吧？」

「嗯、嗯。我沒事。比起這個，你沒事嗎？『陰陽術』沒有失效嗎？」

「沒有啊，完全能用喔！」

我從腳底發出極小的火花給小黑看。我已經能夠完美調整「散炎彈」的火力。

「嗯……」

看到這一幕，小黑暫時陷入沉思，然後開口說：

「你最好不要暴露自己能同時使用『陰陽術』和『特異功能』的事。這可能會引起紛爭。」

「咦？為什麼？」

這就表示，小黑知道「特異功能」是什麼。畢竟他活了很久，這就是所謂的「薑是老的辣」啊！

「老身也不清楚詳情，不過據說『術式』和『特異功能』的基礎原理完全不同。因為這樣無法同時使用。我曾聽說過有例外，但至少我認識的人裡面，你是第一個。」

原來，是這樣啊。

學習的時候雖然有感覺到原理不同，但不覺得無法兼顧。這也是受惠於神仙爺爺賜給我的學習能力嗎？嗯——搞不懂。

「就粗略的特徵來說，『術式』是一個人就能引發各種現象，但『特異功能』能引發的現象有限。我聽說是這樣。」

各種現象指的是技巧的多樣性嗎？「陰陽術」無論是哪一種屬性的人，只要練習就能使用。

所以，只要願意努力，應該也可以同時操控火和水的術式。不過，「特異功能」就只有融解之類的單一選項。

「但是，我也聽說『特異功能』可以引起大規模的現象，而且也很省力。」

「原來如此。」

「陰陽術」和「特異功能」都需要使用靈力發動，不過我從來沒有用盡靈力過，所以就算告訴我這樣比較省力，我也不太懂。

總之，「術式」和「特異功能」並沒有哪一邊比較好就對了。

「謝謝你的忠告。我會注意，不要讓人發現我兩種都會用。」

「嗯。而且你能製作『替身符』已經很令人驚訝了，沒想到竟然連『特異功能』都會用。你真的要多加小心喔！」

「沒問題沒問題，『替身符』的事情我也不會說出去。」

雖然聽說「替身符是五家家主花了相當長的時間製作……」不過，我試著做了之後，很順利地做好了。當時，小黑也像這次一樣驚訝。

我去買個貓罐頭，給他當作賠禮好了。這次來試試看畫著銀色湯匙的貓罐頭好了，那看起來很好吃。

「那這件事就這樣，你能幫我看看這個嗎？」

我把做好的蘋果汁拿給小黑看。

「喔，看起來很美味。」

「沒有什麼奇怪的地方嗎？」

小黑擁有「辨別不能吃的食物」這種超方便的能力。因為這是類似動物本能的能力，所以很遺憾，我沒辦法學會。

「嗯，看起來沒問題喔。就是個果汁。」

我想說這是勉強將水果液化的產物，怕會對身體不好，但看樣子是沒問題。如果是這樣的話，就可以當作果汁機使用了呢。

「難得做了果汁，那就大家一起喝吧。來，小白也一起來喝。」

「嘎……」

小白在房間的角落垂頭喪氣，我叫他過來暖桌這裡。

看樣子，他是因為自己身為護衛，卻沒有保護我而感到不甘心。畢竟是我叫他回家的，所以他根本不必在意……小白還是認真。

「你是聽從主人的命令，沒有做錯事。」

「嗯。點心，給你。」

小黑和鈴都在安慰他，但要重新振作起來，應該還需要一點時間。

「你看你看，還有橘子汁喔——」

如果有什麼契機讓他振作起來就好了。不過，現在我也只能默默守護他而已。

✦ ✦ ✦

「特異功能的組織嗎？這下麻煩了。」

位於市內某寺院的一個房間裡，有位優雅的中年人正以認真的表情閱讀委託書。

「這個要求還真是強人所難啊。這該怎麼辦呢……」

他名為水上龍海。現為五大陰陽氏族中，水上家的家主。

他正在閱讀的委託書內容是這樣的：「有個特異功能組織潛入北海道，快想辦法。」

委託人是日本政府。

明治維新後，從明史上銷聲匿跡的「陰陽師」改稱為「陰陽術師」，至今仍在背後支撐著日本的發展。因此，國家會委託集結陰陽術師的五大陰陽氏族處理超自然現象的相關問題。

「爸爸，我回來了！」

「嗯？是潤葉啊！妳回來啦。」

活力充沛地打著招呼並回到家裡的人，正是水上龍海的親生女兒——水上潤葉。

「啊，對不起。爸爸還在工作嗎？」

「不，今天的工作已經結束了。比起這個，妳今天好像心情很好啊！發生什麼好事了嗎？」

龍海把委託書收進書桌，決定好好享受和女兒聊天的時光。龍海與妻子死別之後，對他來說，像這樣和女兒聊天的時光，可以說是無可取代。

「然後啊，我們這一組決定下次大家一起去採買喔！」

「哈哈哈，那真是太好了。」

因為和女兒聊了她滿心期待的「宿營活動」，龍海覺得工作的疲勞漸漸消散。接著，恢復平時狀態的龍海，出奇不意地問了潤葉一個問題。

「妳剛才說『我們這一組』表示結城同學也包含在內對吧。妳和他之後怎麼樣了？」

「咦？結城同學嗎？」

幸助在對話中出現的頻率、女兒聊到幸助時的聲調和表情等細微的差異。這些變化龍海都看在眼裡。

「我們沒什麼啊。就只是普通朋友。」

「是這樣嗎？妳不是很在意他，所以才邀他同一組嗎？」

然而，對於女兒出乎意料的反應，讓龍海覺得有點困惑。

「當然在意啊！畢竟他和我同年，就已經是這麼厲害的陰陽術師了耶！我非常尊敬他啊！」

其實，現場只有這兩個人注意到，戴面具的陰陽術師就是結城幸助。

「原、原來如此……」

潤葉把幸助叫到中庭時，沒有感受到靈力。龍海和戴面具的陰陽術師問好時，也沒有感受到靈力。

而且，貓神大人回去的方向和幸助家存在強力結界……因為兩人共享了這些資訊，所以在神前對決之後便發現幸助的真面目。

「沒有在意其他的部分嗎？譬如覺得他很帥氣、人很好之類的？」

「他發動式神術的時候真的很帥喔！而且，神前對決的時候又救了我們家，所以我覺得他真的人很好。」

「原、原來如此……」

（這或許就是我一直培養她成為陰陽術師的缺點……）

過去素有「北龍」之稱、受到眾多陰陽術師和妖怪敬畏的水上龍海，對女兒遲遲沒有初戀以及自己一直以來的教育方針感到些許不安。

✦
✦
✦

「托瑞、托瑞——」

「嗯？由伊，怎麼了？」

「昨天，我傳訊息給結城幸助了。」

「妳是說那個高中生嗎？結果呢？」

「因為他一直沒回覆，我很在意所以就查了一下。」

「喔喔，然後呢？」

「結果啊，發現他把訊息刪掉了。」

「……」

說完之後，由伊垂頭喪氣顯得很失落。托瑞暫且不管由伊，逕自陷入沉思。

（這個意思是不想和我們合作嗎？還是不滿意由伊準備的報酬……呢？）

思考一番之後，托瑞發現自己不知道由伊寄了什麼內容給對方，便詢問由伊：

「妳傳了什麼內容給那個高中生？」

「咦？開頭就是很普通的『你好！我是由伊。我有事情想請你幫忙，可以嗎？』就這樣啊……」

「由伊，這就是妳不對了！」

托瑞簡單說明，這種內容可能會被誤會是垃圾訊息。

「……那怎麼辦？我再傳一次？」

「算了吧，感覺應該又會被誤會。」

「既然如此，現在要怎麼做？」

「我可以駭進他的手機，讓畫面上充滿我們要傳的訊息！」

「由伊……」

托瑞目瞪口呆之後，由伊以驚人的氣勢開始敲鍵盤。

「等等，由伊，等一下……」

「成功駭進去了！……咦？」

托瑞還來不及阻止，由伊就已經開始駭進手機，但她隨後便發出愣住的聲音。

「這是怎麼回事？與其說是侵入成功，更像是被引過去……」

下一個瞬間，由伊操作的電腦畫面出現一堆訊息。

『你好。打擾了。』

「！！？？」

看到這個訊息的由伊，覺得全身顫慄。

由伊的「電腦」特異功能，可以讓意識與電腦空間結合，藉此侵入並操作各種線上的機器。

然而，組織「蒂凡」當中也有許多擁有相同特異功能的人。雖然遠不及擁有A級「電腦」特異功能的由伊，但他們也能把意識連結到電腦空間。

由伊為了防止這些人入侵，對自己的電腦實施的防護措施。利用自己的特異功能和軟體技術製作的特別防護牆，戒備森嚴地保護著電腦。

這道防護牆堅固到即便B級特異功能者想駭進來，也能夠抵擋好幾個小時。

然而，畫面上充滿訊息，就表示這道防護牆已經被打破。

「防護牆瞬間被破解了！托瑞，快來幫我！已經被駭進來了！」

「妳說什麼？」

托瑞和由伊一樣都能使用「電腦」特異功能，所以深知電腦防護牆的性能。因此，聽到由伊說「瞬間被破解」，不用多想就了解情況了。

（難道那裡也有A級的「電腦」特異功能者嗎？）

托瑞觸碰電腦，和由伊一起進入電腦空間。

『我會趕走入侵者，托瑞你去修復防護牆！』

『知道了。我會先中斷周邊的戒備，用等同B級的「電腦」特異功能來支援妳。』

兩人一邊讓身體習慣與現實的體感時差，一邊來到入侵者潛入的空間。

當由伊看到現場的人形電腦之後，她便確信了。

『果然……對方有電腦的特異功能者。』

兩人面前站著三頭身的人形電腦。全身純白，只有兩個黑點般的眼睛。

托瑞瞪著這部電腦時，由伊心裡產生一股疑問。

『你有什麼目的？』

由伊對著白色電腦問。

會有這個疑問，是因為白色的電腦並沒有在裡面做任何事。

他沒有尋找由伊等人的位置資訊，也沒有在找別的東西，只是看著周邊的圖示而已。

『目、的？』

人形電腦歪著頭。

『原來如此。你不打算告訴我目的就對了。你是組織裡的特異功能者嗎？』

『我不知道什麼組織。也沒聽過特異功能者。』

『這樣啊。托瑞，防護牆就拜託你了。』

『交給我吧。』

由伊判斷對方什麼都不肯說，便開始攻擊白色電腦。

✦
✦
✦

「鈴啊，我在做事的時候，不能突然抱上來喔！」

「……對不起。」

我正在實驗昨天學會的「玩具」特異功能，鈴卻突然跑來抱我。因為這樣，我沒控制好力道。

「妳懂了就好，下次要小心喔。」

「好……」

雖然我沒有很嚴厲地斥責，但她好像很失落。似乎是有在反省了。

「那就來吃點心吧！」

「點心！」

鈴彷彿什麼事都沒發生過似地朝客廳跑去。

「她真的懂了嗎？」

雖然心裡還有疑惑，但我決定先享受點心時光。

「喔，比起這個……」

這傢伙沒問題嗎？剛剛還睜大眼睛東看西看，現在卻完全不動了。

如果等一下還是這樣，就拿去家電行檢查好了。

✦ ✦ ✦

『可惡！』

『拼拼圖，很好玩。』

為了阻止對方連結，由伊丟出去的攻擊程式都像拼拼圖一樣被一一解決。

『看來處理能力在我之上，但是！』

雖然驚訝於入侵者的實力，但由伊仍繼續出招。

在丟出攻擊程式時，由伊也同時使用當初為防電腦戰之需而駭進去的超級電腦，送出大容量的垃圾資料。

『頭好昏。拼拼圖變得好難……』

藉由大量送出垃圾資料，使得入侵者負擔加重。

因此，由伊的攻擊程式數量超越了入侵者的處理能力。

『最後問一個問題，你叫什麼名字？』

白色電腦的存取中斷時，由伊問了最後一個問題。

『我……還沒有名字……』

『是喔。』

白色電腦中斷存取的同時，托瑞打開防護牆。

『辛苦了。真不愧是由伊。』

『我一點也不強。對方的處理能力和解析技術遠在我之上。我是靠事前準備的攻擊程式和電腦才勉強逃過一劫……下次如果再遇到，一定會輸給他。』

由伊認真說的話，讓托瑞倒吸了一口氣。

畢竟，托瑞根本沒聽過有誰能在電腦戰和由伊交鋒。

『對方是蒂凡裡的特異功能者嗎？』

『不知道。因為攻擊程式的殘骸，導致紀錄全都消失了。不過……』

『不過什麼？』

『……不，沒什麼。』

原本想說「對方大概不是壞人」，但由伊沒說出口。

雖然對自己的直覺有自信，但這畢竟只是毫無根據的推測。

『那我們接下來該怎麼做？如果對方又入侵不就糟了？』

『有我支援，防護牆不會再被破解，目前應該沒問題。不過，我要是解除「電腦」特異功能就糟了，所以要趁現在重寫ＩＰ位址。托瑞，要拜託你幫忙了──』

看到戰鬥結束後，由伊回到平常的樣子，托瑞才終於放心。

『我用「感知」能力重啟周圍的戒備，「電腦」功能雖然降至Ｃ級，但我會盡量幫忙。』

『哇，這樣會很花時間啊──』

現實世界的時間只有短短一分鐘。Ａ級「電腦」特異功能和白色電腦之間的對戰，就這樣悄悄落幕。

✦✦✦

剛才手機還完全不動，現在似乎恢復正常了。太好了太好了，應該是沒有壞掉。

「話說回來，你都吃什麼？」

正在吃點心的時候，突然想到這個問題，所以便問了手機。

「我不需要食物。只要幫我充電就沒問題了。如果是適當的電壓更好。」

「原來如此。那應該就像食物的味道一樣吧？」

我不是在跟手機的會話功能說話喔。手機自己真的有意識。

為什麼手機會有意識，這是因為我用手機測試「玩具」能力的時候，沒抓好力道。因為用其他東西實驗都成功了，所以一不小心就得意忘形。

用手機測試的時候，感覺就像製造出小白和鈴一樣，所以手機大概也會一直保持這個狀態。

簡單來說，就是又誕生了新的家人。

「嗯，反正不是大型機器人，就這樣吧！」

雖然現在是一般手機的樣子，但變形之後就是手掌大小的機器人。三頭身、身體和臉是顯示器，顏色以白和銀為基調。臉上有兩個黑點般的眼睛。

「主人。」

「嗯？怎麼了？」

手機主動和我說話。

「請問我叫什麼名字？」

「名字？」

話說回來，還沒幫他取名呢。

用手機機種來稱呼未免太沒意思，名字啊……機械、手機、電腦……好，我決定了！

「你是手機，所以希望你隨時在身邊，那就用英文的near取名為『尼爾』怎麼樣？我記得某個很有名的電腦就用這個名字喔。」

「尼爾。我叫做『尼爾』！」

喔喔，他喜歡真是太好了。

「你叫尼爾啊，老身叫做小黑。請多指教。」

「嘎！」

「……小白和鈴！」

「小黑先生、小白先生、鈴小姐，請你們多多指教。」
看大家圍著尼爾的樣子，我不禁露出微笑。
雖然有點吵，不過心情覺得很舒服。
「話說回來……」
不是大型機器人，真的是太好了。

✦✦✦

今天像往常一樣，又是安穩的一天。
「想往常一樣的安穩……安穩嗎？」
我用手機查了一下。
所謂的安穩，指的是「沒有發生奇怪的事，穩定的狀態」。嗯，雖然和平常不太一樣，但今天基本上來說算是安穩。沒錯。
「主人，你還好嗎？」
不知道是不是出於擔心，手機尼爾這麼問我。妳看，馬上就發生怪事了。好，我的安穩已經結束了。
「啊，尼爾，我沒事。還有，以後在別人面前盡量不要跟我說話喔。」
「了解。」

還好這是在下課後發生的事。下課的餘韻未散，整個教室還很嘈雜，似乎沒有人聽到尼爾的聲音。

「這樣算是安穩嗎……」

我想安穩地度過一生的人生規劃，最近完全被顛覆了。

不僅參加了陰陽術的對決，還被特異功能人士襲擊。況且，我本來就死過一次，還和神仙見過面。

「等等。這樣相比之下，和手機對話算是普通吧？」

嗯，剛剛那樣不算奇怪。今天的確是度過安穩的一天。

「結城小弟——在嗎？」

「！！」

往說話的方向回頭看過去，剃著華麗造型的不良少年正在窺探教室。

那傢伙是之前的不良少年！

「葛西哥正在找他。結城小弟在哪裡？」

「這、這裡。」

瀧川和石田，對著我雙手合掌。這些無情無義的傢伙！

斜眼看著這兩個無情的人，我戰戰兢兢地舉起手。

「可以跟我來一下嗎？」

剃髮的不良少年帶我到體育館後面。

好，我的安穩生活結束了。

「剛入學的時候在體育館後面恐嚇你，很對不起。」

「咦？」

本來以為又會像上次一樣，在不良少年的面前丟臉，沒想到體育館後只有刺蝟頭不良少年、燈同學、霞同學三人在場。

而且，刺蝟頭不良少年還低頭跟我賠罪。咦？這是什麼情形？

順帶一提，叫我出來的剃頭不良少年很快就回到校舍。

「結城同學，對不起，你能不能原諒他？蒼司雖然長得很恐怖，但其實有在反省了。」

「燈，不用提長相吧！而且，我是因為妳們說要道歉才……」

「你有在反省，對吧！」

「……啊、啊，有在反省。」

燈同學好厲害，氣勢完全在不良少年之上。

「請您抬起頭吧……」

「他和結城同學同年，你可以不用對蒼司說敬語。當然，也不用對我們說敬語喔。」

「啊，好……」

那我就毫無顧慮地輕鬆發揮囉。

「我真的不在意，把頭抬起來吧！」

「你要原諒我嗎？」

「嗯。」

因為這些日子一點都不安穩，導致入學第一天的事情，我現在已經完全不在意了。

嗯，但還是有點精神創傷，所以這個道歉我就收下了。

「這樣啊。真是抱歉……那就這樣。」

「啊，等等，蒼司！結城同學，對不起喔！再見囉！」

他好像真的是為了說句抱歉，才把我叫出來的。

「如果只是道歉的話，在走廊說不就好了。」

「蒼司他比較不懂得表達……」

霞同學聽到我的喃喃自語，苦笑著這樣回答。

不良少年蒼司離開之後，燈同學也回到校舍，所以剩下我和霞同學獨處。

「啊，話說回來。妳和刺蝟頭……葛西同學是什麼關係？」

我直接詢問霞同學自己內心的疑惑。

兩人看外表不像兄妹，這種個性和霞同學放在一起，總有一種不協調的感覺。

「我和蒼司算是青梅竹馬吧。雖然沒有血緣關係，但就像兄妹一樣。」

原來如此，是這樣啊！

總之，有這麼可愛的青梅竹馬真令人火大。早知道剛才就要求他誠心誠意地道歉。

「那我們也回去吧！」

「嗯。」

之後，我和霞同學一邊閒聊一邊回到校舍。

✦✦✦

「小霞，妳怎麼了？」

回家途中，燈發現霞顯得很失落，於是出聲詢問。

「姊姊，我們果然一點也不正常對吧……」

「不、正常？」

「嗯，從體育館回來的時候，和結城同學聊到父母。可是，我根本沒能說什麼……」

「霞……」

如霞所說，他們沒有任何和父母之間的回憶。因為他們本來就無父無母。

「霞，沒事啦。雖然沒有父母，但妳有我們啊！我們三個人，就是家人。」

「對啊。我們以後也會一直在一起啊。」

聽到兩人說的話，霞的心情總算變好了一點。

「謝謝你們。」

「……總覺得，有點害羞。」

「咦？蒼司也會害羞嗎？」

「吵死了！妳自己不是也覺得害羞嗎？」

回家途中的河岸邊，充滿三人歡樂的笑聲……

「啊——抱歉，要來破壞氣氛了……」

不過，沒有人注意到這個聲音。

「乖乖束手就擒吧！」

某個人物正從背後襲來，打算奪走他們平凡的安穩日常……

✦ ✦ ✦

「啊……失敗了。」

和霞同學一起回校舍的時候聊到父母親，她的表情明顯沉了下來。

我馬上就換了話題，但或許還是讓她感到不愉快。

「一定是家裡有很複雜的問題吧……」

「主人，你還好嗎？」

尼爾擔心失落的我，開口向我搭話。

放在心裡只會越來越鬱悶，所以我決定和尼爾說說看。

「既然主人覺得自己做錯了，那我建議你最好去道歉。」

「是啊。不過，都已經放學了，要道歉也只能等明天了吧。」

「這沒有問題，我可以帶路。」

「咦？」

可以帶路？

「我已經確認過市內的監視器。霞小姐在那個方向。」

「……」

變形的尼爾伸出手臂，指向霞同學所在的方向。

「尼爾，謝謝你。不過，不能隨便看監視器喔。」

「了解。」

雖然不能這麼做，但既然都已經看過，那就沒辦法了。我決定先按照尼爾的指示去見霞同學。

✦✦✦

三人驚訝地回頭，發現身後站著一名高大強壯的男子。

「哎呀，真抱歉。我好像破壞了美好的氣氛。」

高大男子嘴上說著毫無歉意的話，一邊朝三人接近。

「迪耶斯……你為什麼會在這裡？」

蒼司擋在燈和霞前方，對緊逼而來的高大男子迪耶斯發出疑問。

「喔，你知道我的名字啊。你是叫做葛西？」

「這一點也不重要，你到底為什麼會在這裡？」

「為什麼？當然是來抓你們的啊。你們真的以為逃離組織，就能一直過著安穩的生活？」

聽到這些話的瞬間，蒼司全力發動自己的特異功能。

他擁有的特異功能是「寒熱」。這種特異功能可以藉由吸收、釋放熱量操控溫度。

「好燙！」

迪耶斯慌慌張張地拉開距離。

蒼司使水窪的水分蒸發，創造出大量的水蒸氣。

「燈！拜託妳了！」

「我知道，『賦予』！」

燈趁隙對蒼司發動賦予的特異功能。

她擁有的特異功能「賦予」，能強化他人的體能。

「喔，這就是傳說中的『賦予』嗎？這種特異功能我沒有，真是令人羨慕啊！」

迪耶斯一邊自言自語一邊穿越水蒸氣，試圖靠近。然而，他很快就感覺到腳邊有異樣。

「哇，好滑！」

為了阻止迪耶斯前進，蒼司凍結地面。

「真是麻煩耶。」

不過，迪耶斯直接用自己的腳力踏碎結冰的地面，強行前進。

「啐，這個怪物。」

「嗯，別看我這樣，好歹也是A級大將，C級的雕蟲小技對我來說不算什麼。所以啊，你們就不能乖乖投降嗎？」

「我拒絕！」

聽到蒼司強而有力的回答，燈和霞也都跟著點頭附和。

「在組織裡有什麼不滿嗎？不是三餐都有供應，也讓你們在溫暖的被窩裡睡覺嗎？」

「但是沒有自由。我們想要按照自己的意思生活！」

「……話說回來，你們都是在組織內的機構長大的啊。我從外面進到組織裡，所以看到的世界和你們不一樣。」

迪耶斯露出和剛才完全不同的冷冽眼神，讓三人背脊發涼。

「要是不小心殺了你們就糟了，所以我會控制力道。不過，大概還是會斷個幾根骨頭，作好心理準備吧！」

「我現在已經是等同B級的特異功能者了。可不會乖乖就範！」

「賦予」的能力不只能強化臂力、腿力等體能，就連所有特異功能都能一併強化。

因此，原本是C級的蒼司，現在「寒熱」的能力已經強化到等同B級了。

「啊，我先說清楚，不會有人來救你們。」

「什麼？」

「我已經在周邊安排人手，就算多少有點嘈雜也不會有人目擊打鬥。」

「什麼？」

三人現在才發現，回家時間通常人來人往的河岸整個空蕩蕩的。

「那你們盡情掙扎吧！」

加上「賦予」能力相當於B級的「寒熱」與擁有A級特異功能的迪耶斯，拉開對戰的序幕。

✦✦✦

札幌市內的某巷弄內，霞一個人奔跑著。

『霞，如果妳被抓到，世界可能就毀滅了。所以，妳一定要逃走！』

『放心吧，我和燈會追上妳。不要擔心我們。』

霞回想起兩人為了讓自己逃走而留下來抗敵時說的話，邊跑邊擦去眼淚。

「姊姊、蒼司……」

如果被捕世界可能就會落入組織手中，自己的責任非常重大。而且，今後仍希望和燈、蒼司一起過著平凡的日子。

霞心中抱著各種想法，為了求救而拚命奔跑。

「警察……說不定已經被組織滲透。手機又壞了，沒辦法和由伊聯絡。怎麼辦，我該怎麼辦……」

然而，身形高大的男子像是要阻止她思考似地擋在眼前。

「我的天哪，真是嚇了我一跳。沒想到連妳都用了『賦予』。妳剛才逃走的時候我多擔心啊。」

「！」

出現在眼前的迪耶斯讓霞的表情充滿絕望。

因為迪耶斯追上來，就表示剛才為了讓自己逃走而留下的燈和蒼司都已經被抓了。

「啊，妳是在擔心剛才那兩個人嗎？放心，都還活著。蒼司受了點傷，但妳姊姊沒事。只不過她發動太多『賦予』能力，已經昏倒了。」

霞聽到兩人平安無事，在放下心中大石的同時，邁開步伐打算朝另一個方向逃走。

「哎呀，我希望妳能乖乖束手就擒。妳擁有的『結合』能力，對組織達成目的最為重要。」

「嗚！」

然而，霞瞬間就被制伏了。即便剛才和迪耶斯之間還距離十公尺以上，仍然被抓到了。

A級特異功能引發的異常現象，再度讓霞驚愕不已。

「救、救命啊……」

「嘿咻。」

迪耶斯用手刀在霞的後頸砍了一下，讓她昏過去。

「呼，好危險。這附近的人手還沒安排好，要是被人聽到就糟了。」

這個無情的世界，沒有任何人聽到霞發出的求救聲。

「好，那就回去吧……」

「那個，你在做什麼？」

——除了一個人之外。

✦ ✦ ✦

在尼爾的指引下，我找到霞同學，但……

「這是什麼狀況？」

我找到霞同學之後，發現她被一名高大男子制伏，而且正在求救。

高大男子看到我的瞬間便與我拉開距離，所以霞同學已經在我的臂彎中。

「雖然昏倒了，但看起來人沒事。」

「生命跡象正常，沒有外傷。她沒事。」

咦？連確認生命跡象的功能都有嗎？尼爾真厲害。

不行，現在要把精神集中在眼前的高大男子身上才行。

「所以，你到底是哪位？為什麼要抓霞同學？」

我瞪著高大男子問話。

「哼，不用再演了。不用我說明，你也知道原因，不是嗎？」

咦？我不知道啊？所以我才問的啊……這傢伙一臉得意地說這什麼牛頭不對馬嘴的話啊？

「話說回來，沒想到會在這裡遇到你。」

咦？我們見過面嗎？

我應該不可能見過這麼高大的人啊……

「雖然契爾小姐說過不要和你有牽扯，但現在這個狀況也無可奈何。」

高大男子臉上浮現目中無人的笑意，擺好架式準備出拳。原來如此，所以跟我沒關係就對了。

他害霞同學昏倒本來就不可原諒，既然是對方先挑釁，那我就兵來將擋。

「尼爾，你好好保護霞同學。」

「了解。」

我讓霞同學躺在道路上的一隅，把書包和尼爾放在她身邊。

接著，我也擺好架式準備出拳。

「我要上了喔！」

對方快速移動，突然朝我的眼睛和喉嚨襲來。好痛！都不用講一聲喔？

「我不會讓你有時間使用陰陽術的。畢竟我不想再像上次一樣，一回過神就已經被丟在拘留所。」

一回過神就已經被丟在拘留所？這傢伙到底在說什麼啊？

他一邊說著令人摸不著頭腦的話，一邊準確地朝膝蓋和劍突軟骨等要害攻擊。

剛開始我以為是拳擊，結果不是。而是截拳道！

「你應該不是身體強韌，而可以讓這些損傷化整為零對吧。這也是陰陽術嗎？」

「這是商業機密！」

這傢伙和之前的大禮帽不同，他知道「陰陽術」的存在。罷了。

從剛才就一直承受足以致死的要害攻擊，不過在「替身符」的庇蔭下，我毫髮無傷。

但是，替身符的張數有限。如果我一直被揍，早晚會輸。

「我也必須反擊才……呃！」

「所以我不會給你反擊的時間啊！」

他抓起我的脖子，往柏油路面猛砸。背後出現和重機裝甲機器人鐵拳相同的撞擊坑。

這股蠻力是怎麼回事？他是怪物嗎？

「難道……這是特異功能？」

仔細觀察之後，發現這傢伙也是特異功能者！

是「強化」。這種特異功能，可以強化自己身體能力與觸碰到的物體之性質。

「咦？你現在才發現？我以為你一開始就知道了……不過，隨便啦！」

高大男子這樣喃喃自語之後，抓著我的脖子把我往地面壓制，然後以另一隻手臂揮拳。

「吃我一拳！」

但是，我可不會默默挨打！我反抓高大男子的手臂，以柔道中的巴投術要領把他踢飛。

乘機現學現賣「強化」能力，完全能夠使用真是太好了。

「你力氣滿大的，有這種陰陽術嗎？」

「我怎麼可能告訴你！」

畢竟小黑叮嚀我，不能讓別人知道我能使用「特異功能」和「陰陽術」。

況且，我也沒有義務告訴這個沒禮貌的突襲者。

「能夠讓攻擊無效，又擁有怪力啊！報告裡提到你還能飛、發出飛行斬擊，真是麻煩啊！」

高大男子一邊說著貌似很困擾的台詞，一邊加深笑容。這傢伙是怎麼回事，戰鬥狂嗎？

話說回來，既然他知道「飛行斬擊」和「散炎彈」，表示他和之前攻擊我的大禮帽是同夥。

「那我就要開始第二輪攻擊了！」

「等、等一下！」

高大男子無視我的意願，毫不留情地繼續攻擊。

空手道加上泰拳和中國拳法？他家是開武術百貨公司嗎？而且每種拳法段數都很高。

「喀、呃……」

「咦？你就這點程度而已？」

雖然我學會了「強化」，但即便是再加上神仙爺爺幫我強化過的體能，頂多也只能打成平手。

所以，我是單純輸在對武術的熟練度不佳。

「可惡！」

「看樣子學過一點武術，不過這樣還是沒用！」

「呃啊！」

我的揮拳和踢腿，對方都輕鬆躲過，而且還加倍奉還。

雖然每次都能學會新招，但這些招式都和對方的體格、體重完美搭配，我用起來還是有些微差距。

這和看影片學會的技巧一樣。沒辦法贏過原創者。

「可惡，早知道會遇到這種事，當初就該好好練習。」

我自己最熟悉的拳法，現在只有「男女平等拳之上鉤拳攻擊」。其他技巧的熟練度，我遠不及這名高大男子。

「既然這樣，那就用『融解』！」

我勉強躲過拳擊，抓住對方的手臂發動「融解」能力。

「這和梅爾朵小姐的『融解』一樣啊！原來陰陽術也能做到。」

「什麼？竟然沒有融解！」

只有衣袖融解，高大男子的手臂毫髮無傷。

我本來是打算融解肌肉……他是用「強化」提升了耐力嗎？

「太天真了。這種程度的雕蟲小技傷不了我。」

「可惡！」

「融解」還沒用盡全力。

如果我認真發動這個能力，應該可以打倒這傢伙。不過，這樣一來會連骨骼和內臟都融解。

雖然他害霞同學暈倒不可原諒，但我也不想殺他。

「……沒辦法了……」

「嗯？」

可能是發現我已經下定決心，高大男子拉開了一點距離。真是敏銳啊。

「再這樣下去，我一定會輸。只好使出殺手鐧了。」

「……看樣子你不是在說大話。」

當然，我可不是在說大話。

雖然必須在周圍有人的地方，而且完美調整「融解」能力，但只要達成這兩大條件，我就一定能成功。我的殺手鐧就是如此強而有力。

「醜話說在前頭，我要是成功，你絕對贏不了。在丟臉之前，能不能老實地放棄？」

「哼，這樣正合我意！」

「這樣啊……」

既然如此，你就好好享受屈辱的滋味吧。

「嘎——嘎、嘎。」

「嘎——？」

在屋頂上守著家裡的小白，聽到手下的烏鴉報告不禁焦慮了起來。報告提到自己的主人被擁有怪力的高大男子襲擊，目前正在對戰中。

「嘎——嘎——嘎。」

「嘎——嘎——？」

而且，還有一個貌似是幸助同學的學生昏倒，其餘兩人被謎樣的集團抓走。

「嘎……」

「小白，怎麼了嗎？」

發現異常的小黑，來到聽完報告的小白身邊。

「嘎——嘎——嘎。」

「嗯，這個狀況不太妙。」

小白把部下的報告說給小黑聽。

「那個高大男子大概跟之前襲擊主人的大禮帽是同夥。不對，從時間點來看，他們一定是同夥。」

「嘎——」

聽到小黑的推測，小白表示自己要前去幫忙幸助。

「先等等。我們的主人沒那麼弱，不會被那種程度的傢伙打倒。再說，有尼爾在主人身邊。真的有危險，尼爾應該會通知我們。」

雖然幸助不知道，但小黑他們和尼爾已經談好，如果尼爾判斷有危險，就會打家裡的電話。

然而，家裡的電話還沒響。

「嘎……」

「我知道你擔心，不過你的首要任務是偵查。我覺得現在專心收集資訊才是正確的選擇。」

「嘎……」

小白含糊地回答小黑說的話。

「嗯，我們來整理一下目前的資訊吧。之前主人被襲擊時，搶了一件燕尾服回來。我剛才查過了，味道和之前違法入侵家裡的人一樣。」

「嘎——！」

聽到這個資訊，小白和小黑都作出相同的推斷。

「沒錯，這次的襲擊者都是同夥，或者是相同組織的人。」

「嘎——嘎嘎！」

確定小黑的推測和自己一樣之後，小白開始指示麾下的烏鴉。

第一，密切注意主人幸助的動向。第二，找出敵人組織的基地。

「嘎——」

小白麾下的烏鴉們表示了解，便各自飛去。

「嗯，指令下得很好。只要知道基地的話，我們也可以行動。那我也要出動了。」

「嘎——？」

「我去龍海那裡走一趟。在我們大鬧之前，先通知他比較好。」

從小黑說出「大鬧」這句話，小白就能感受到他的心情。

對方不只試圖闖入家中，還攻擊了自家主人兩次，小黑也非常憤怒。

「那我走了。」

「嘎——」

目送小黑沿著屋頂離開，小白在原地等著部下回來報告……

「吃我這招！『融解拳』！」
「碰到就會融解的拳法啊！不過，這一點意義也沒有喔！」
雖然出拳襲擊高大男子時混合了「融解」能力，但對他完全沒有造成傷害。只有衣服稍微融解而已。
「果然，調整力道太困難了……」
為了發動剛才提到的殺手鐗，「融解」能力的調節非常重要。
不過，因為使用了「強化」，導致「融解」的能力也提升，調節的難度比之前又更高了。
「但是，我沒有時間說洩氣話了！」
「喔，拳打得不錯嘛，但是對我可不管用！」
對方似乎不把「融解」能力放在眼裡，打算把我摔出去，便一把抓了上來。
這樣正好！
「嘿咻！」
「喔，過肩摔啊！看樣子你也學過柔道。」
我抓住高大男子的衣領，呈現過肩摔的姿勢。因為我體型比較嬌小，所以較容易入侵敵腹。
「不過，這一招對你自己不利。」
「呃！」

高大男子的衣服破裂，過肩摔沒有成功。「融解」只融到一半，看樣子持久度也降低了。

而且，對方趁隙把我飛踢出去。好痛。

「不過，一切還沒結束！」

「喔！擒抱也很不錯，你還學過摔跤啊！」

我忍著痛，很快使出擒抱術。把手放在皮帶上，全力發動「融解」能力！

「等等，褲子開始融解了啦！這樣下去皮膚也會融化，那我只好強行把你推開了！」

「嚇、呃！」

對方又踢又打之下，我被強行推開。然而，我的目的已經達成了……

「難道剛才的過肩摔和擒抱就是你的殺手鐧？」

「大概是吧。」

「咦？」

他對我的回答目瞪口呆。想必是在期待我會使出什麼厲害的武術或者華麗絕技吧！

「嗯，正確來說，這是殺手鐧的一部分。」

「殺手鐧的，一部分？」

沒錯。過肩摔、擒抱都只是放大絕的事前準備而已。

「那就，嘿咻！」

我無視歪著頭的高大男子，逕自收回書包和尼爾並抱起霞同學。

說到這個，我還是第一次嘗試公主抱呢。有點緊張。

「等等，你為什麼要走？我們還沒打完耶！」

「不，已經打完了。是你輸了！」

我這樣回他，然後深吸一口氣。

這樣就結束了！

「救、救命啊——有變態在追我！請救救我！」

「什麼？」

我一邊大聲叫喊，一邊抱著霞同學奔跑。

高大男子撿起脫下的衣物，慌慌張張地遮掩下半身。

呵哈哈哈哈！過肩摔和擒抱都是為了讓你脫到剩下一件內褲的事前準備。

「太、太狡猾了！」

「這不是狡猾，是戰略！」

要是敢追的話，就來追追看啊！不過，要在民眾面前袒胸露背就是了！

『你真的，太狡猾了——』高大男子的聲音從背後傳來，我則宛如脫兔般成功逃亡。

✦
✦
✦

「那個笨蛋……」

從頭到尾觀戰的契爾，對迪耶斯的醜態目瞪口呆。此時，有人敲響契爾的房門。

「失禮了。」

「是塞費克對吧。進來吧！」

契爾重振精神，聽取「束縛」的特異功能者塞費克報告。

「托爾和梅爾朵的檢查已經結束。兩人都平安無事。應該可以馬上參與任務。」

「這樣啊，我知道了。先讓他們待命吧！」

指示完之後，契爾馬上開始擬定今後的計畫。

因為這次又讓「結合」逃走，身為指揮官，她已經沒有退路。

「那我就先行離開。」

塞費克知道契爾的焦慮，報告完之後便靜靜離開。

「不過……」

塞費克離開後，契爾一個人喃喃自語。

「今天烏鴉還真多啊。」

沒有人對這些異常產生危機感。

第2話　基地崩壞

「我回來了。」
「小黑！」
小黑終於回來了！
「發生什麼事了？」
「什麼事，很多事啊……」
我看著躺在客廳的霞同學，把自己被「強化」特異功能者襲擊的事情告訴小黑。
「原來如此……那這孩子沒事嗎？」
「嗯，看樣子應該沒事。尼爾已經幫她診斷過了。」
「尼爾還有這種功能啊？真厲害！」
這個感想似曾相識呢。
「比起這個，我正在跟小白、尼爾商量之後該怎麼辦。我個人是覺得，差不多該聯絡警察……」
「不，不需要。接下來交給我就可以了。」

「咦？」

小黑說交給我？難道有什麼解決方法嗎？

「其實這件事老身已經跟龍海談過了。襲擊你的傢伙也讓龍海很頭痛。他說過會幫忙。」

「咦？班長的爸爸也會幫忙解決嗎？」

「沒錯。應該是說，這本來就是龍海要解決的問題。」

「原來是這樣啊！」

雖然不知道詳細情形如何，不過看樣子班長的爸爸也會幫忙。

「話說回來，他們為什麼要襲擊我啊？」

「這個龍海也說他不知道。或許是有什麼誤會或巧合吧。」

「誤會或巧合……」

這……也不是不可能。比神仙爺爺讓我復活的機率更高啊。

「如果問得出來，我也會問問原因。總之你就守著這個孩子就好。我還要出門一趟。」

「能問的話就問……咦？你又要去哪裡？」

「嗯，有點雜事要處理。小白也借給我吧！」

「嘎——」

小白也要去啊？是要去參加什麼動物集會嗎？

「好吧，那你們小心一點。」

「嗯，那我走了。」

「嘎——」

說完，小黑和小白就走了。

本來想跟他們具體討論那些來襲的傢伙以及今後的對策……結果完全沒談到。

總之，等小黑和小白回來再說吧！

「……咦？」

說到這個，鈴不在家呢。

難道又去伊佐婆婆家玩了嗎？

「天馬上就要黑了耶。」

真是令人擔心。如果小黑他們回來之後，鈴還是沒回家，到時候再出門找她好了。

「能上場戰鬥的C級人手都調去一樓！擁有『強化』、『加工』能力的人必須盡量補強分部。敵人不知道會怎麼攻過來，建築物必須強化到最大極限！」

在契爾的指示下，高達十五層樓的臨時分部內，組織成員們慌忙地奔走。

因為契爾感知到有個團體已經從結城幸助家出發前往分部。

「金色獅子和白色烏鴉。還有一名白髮的小女孩……安排三名新手攻敵，對方的指揮官還真是有趣啊！」

契爾一邊感知襲來的成員，一邊喃喃自語。

對手只派三人襲擊顯然充滿自信，這句話中隱含著契爾的焦躁。

（這三個對手恐怕不是什麼好對付的角色。金色獅子與白烏鴉，難道和黑貓一樣都是妖怪嗎？若是如此，真的會非常麻煩。）

契爾並不知道，其實金色獅子就是黑貓。

襲擊結城幸助家那次，契爾發現的時候，塞費克等三人已經被丟在JR塔大樓屋頂上。而且，參與襲擊的塞費克等人也完全不記得被打倒後發生了什麼事。

因此，契爾才會誤判金色獅子是新手。

就在契爾沉思時，部下前來報告。

「已經在一樓部署專門攻擊、強化的C級特異功能者十三名、一般戰鬥員三十名。」

「每層樓也都配置能夠補強建築物的C特異功能者以及一般戰鬥員。」

「我知道了。你們也各就各位吧！」

「「是！」」

向契爾報告完之後，部下馬上回到自己待命的位置。

「托爾、梅爾朵你們去一樓。一樓的指揮就交給托爾。塞費克，你跟我一起在八樓待命。」

「遵命。」
「好——」
「了解。」
迪耶斯還沒回來，臨時分部內的三名最強戰力，紛紛按照契爾的指示各就各位。
「……契爾小姐，對方這麼快就派人過來，表示他們很有自信。這樣真的沒問題嗎？」
大家正準備迎敵，托爾和梅爾朵離開後，塞費克把自己的不安告訴契爾。
「……我也不能斷言沒問題。」
面對塞費克，契爾坦承自己的感想。因為契爾也有相同的不安。
「不過，要突破大樓部署的人手來到八樓，應該還是很困難。」
「的確……如此。」
契爾這句話，讓塞費克想到目前部署的人手能力。
一樓雖然都是C級的特異功能者，但他們都是專門從事戰鬥的專家。而且，沒有特異功能的一般戰鬥員，也都是受過特殊訓練的戰鬥專家。
「不只如此，我們手上還有『賦予』和『寒熱』兩個人質。只要有他們在，對方應該就沒辦法大肆破壞建築物。而且，如果他們飛天從中間的樓層或屋頂襲來，強化過的迎擊系統也會啟動。」

「的確……只要不是多名戰鬥系的A級特異功能者來襲，我們應該都可以應付。」

契爾的這些話，讓塞費克減少些許不安。

「……沒錯。就算真的有萬一，我也應付得來。」

契爾對塞費克說明的同時，自己也再度確認分部的防禦力，鞏固和襲擊者對峙的決心。

「話說回來，鈴啊！不用連妳也來啊。」

以金獅子之姿騰空奔馳的小黑，對攀在自己背上的鈴這麼說。

「不行！我也要打到欺負主人的人。」

鈴這樣回答後，抓得更緊了。

「嗯，真拿妳沒辦法……」

小黑從鈴的舉動感受到她的想法，只好心不甘情不願地答應她同行。

「但是妳不能亂來喔。」

「嗯！」

鈴充滿活力地回答小黑的話。

負責帶路的小白對兩人說：

「嘎！嘎——嘎。」

「嗯，是那裡啊。」

「衝啊！去大樓！」

因為小白已經看到對方的基地，所以出聲告訴兩人。

「好，下降前再確認一下目標吧。」

「嘎——」

「嗯！要打倒欺負主人的人！」

「嗯，我也很想打倒欺負主人的傢伙，但小白說得沒錯，要以救出人質為優先。」

「哼——」

被小黑糾正，鈴顯得有點憤怒。

「不過，救人質的事情交給我。鈴和小白就負責打倒來妨礙的人。小白，鈴就交給你了。」

「嘎——」

小白像是在說『交給我吧』似地邊點頭邊啼叫。

「那我們就來好好懲罰奪走主人安穩日常的傢伙吧！」

「嘎——」

「嗯！」

幹勁滿滿、團結一致的三名結城家眷，降落在一棟高樓大廈前。

「來、來了。」

契爾從八樓某個房間窺探外面的狀況，感受到緊張感充斥整棟大樓。

「即便如此，這生命力未免也太強大了……」

契爾擁有的「感知」能力，精確度會隨距離和集中程度改變。

如果和對方的距離在數百公尺內，就能感知對方使用特異功能或術式時釋放的生命力。而且，契爾可以就自己的經驗判斷對方的程度。

「這三個都是A級水準……令人難以想像。不過，這也不是完全無法處理的等級。我們必須先下手為強……！」

契爾原本打算先對一樓的戰鬥員下達先發制人的指示，但旋即感受到異常的搖晃。

為確認這個異常的感覺，她使用「感知」能力確認大樓的外觀，卻看到可怕的光景。

「大樓歪了？」

她會這麼驚訝也很正常。契爾所在的下一個樓層，也就是七樓，整個被斜切斬斷，大樓就是從這個地方開始歪斜。

「塞費克！」

「我知道！『束縛』！」

在同一個房間內待命的塞費克，全力對大樓發動「束縛」能力。

他擁有的特異功能「束縛」能夠讓視線內的萬物停止運動。

本來這種特異功能頂多只能延遲視線內萬物的動作，但像他這樣A級的「束縛」能力，完全可以讓差點崩毀的大樓停止動作。

「雖然歪了很多，不過總算擋下來了。不過，剛才這到底是……」

「這是其中一名敵人釋放的攻擊。這應該是報告中提到的飛行斬擊技巧，而且還是最高段的技術。」

「！！？」

聽到契爾說的話，塞費克背上的冷汗直流。

如果剛才的斬擊是朝自己所在的地方襲來……光是這樣，戰鬥可能一瞬間就結束了。

「塞費克，打起精神來。戰鬥才剛開始而已。」

「是、是的。對不起。」

契爾看了重振精神的塞費克一眼，便緊盯著造成這種衝擊性景象的白髮女童。

「這下看來會掀起一場不得了的大戰……」

此時，契爾誤判了一件事。因為她從來沒有見過超越A級特異功能者的存在，所以還沒發現……

襲擊而來的三名敵人，都擁有超越A級特異功能者的實力……

「鈴……」

「嘎……」

看著逐漸歪斜的大樓，小黑和小白臉色變得鐵青。

原本計畫是一行人降落在大樓前的同時，小白用聲波找到人質的所在地，然後由小黑率先衝進大樓……結果，鈴說完「我來劈開，小黑，你從切口進去就好」便立刻斬斷大樓。

「嘎——嘎嘎——」

「這樣啊，沒有人死掉啊。真是太好了。」

「因為我劈開的時候很小心啊！」

針對小白和小黑的發言，鈴一副很遺憾的樣子回應。

「不過，下次斬擊之前，一定要取得我們的同意喔。」

「哼……」

「嘎——嘎。」

「小白說得沒錯。妳要是太亂來，主人可能會生氣喔！」

「嗯……我知道了。我會問過小黑和小白再砍……」

「嗯。」

「嘎——」

聽到鈴總算同意，小黑和小白才終於安心。

「話說回來，大樓好像沒有繼續倒塌。」

「嘎──嘎、嘎嘎──」

「原來如此，是八樓的特異功能者啊。雖然是敵人，但我們必須感謝他。」

「嘎──」

「哼……」

「鈴啊。大樓如果就那樣塌了，可能會有人死掉喔。」

小黑和小白的話，再度讓鈴感到怒意。

「嘎──嘎、嘎嘎──嘎。」

「哼！」

雖然小黑和小白都說明了稱讚敵人的原因，但鈴還是不開心。

「……鈴啊，妳做得很好。」

「……嘎──」

「嗯！」

雖然選擇先讓鈴的心情好起來，但小黑和小白在心中暗暗立誓，以後一定要好好教導她道德觀念。

「哎呀，說到這個，我忘記了。」

看到這個衝擊性的光景，小黑想起自己忘了在行動前應該做的事。

「『模擬．阻礙結界』。」

在小黑說完的同時，大樓和周邊覆蓋了一層巨大的結界。

這個結界和小白以前襲擊的寺院結界屬於相同性質，擁有讓外界無法得知內部發生異狀的效果。

「嘎──？」

「你說現在我設的東西嗎？這是類似結界的東西，但不是真正的結界。」

如小黑所說，這不是真的結界。這是小黑利用妖怪自身的能力產生的東西。

「我下次再好好說明。這東西撐不久，時間寶貴。那一樓的人就拜託你們了。」

「嘎──」

「交給我──」

「嗯。那我走了。」

在鈴和小白的目送下，小黑騰空奔向人質所在的七樓。

✦ ✦ ✦

「發、發生什麼事了？」

右臂和左腿打上石膏固定的刺蝟頭不良少年葛西蒼司看到天花板漸漸滑開，這不可思議的光景令他驚愕不已。

同時，蒼司也移動到昏睡的燈身邊，以便隨時能保護她。

「到底是……什麼？」

他的驚訝還沒結束。

一隻金色的大獅子突然破門而入，進到室內。

兩人被監禁在有二十片榻榻米大的空間裡。然而，金獅子散發出壓倒性的壓迫感，讓蒼司感覺像是近距離對峙。

「可惡……我難道要在這種莫名其妙的狀況下死掉嗎？」

蒼司擋在燈的身前，怨自己太不走運。

然而，他的人生還沒結束。

「你們就是被抓來的學生？」

「咦？是、是我們沒錯……」

「嗯，你看起來受傷了。那個女孩是昏倒了嗎？她沒事吧？」

「啊，是、是的。她、她沒事。」

突然現身的金獅子毫無敵意，還親切地和自己說話。不僅如此，還似乎很擔心兩人的安危。

「那個……」

「抱歉，害你嚇到。不過，請放心。我是來救你們的。」

「救我們嗎？」

金獅子會講話而且還是來救自己和燈，蒼司因為這些超乎想像的事陷入混亂的極限。

「那個、呃……你、你是誰？」

即便在這樣的狀況下，蒼司仍拚命讓大腦運轉，為了了解現狀而對金獅子拋出疑問。

「嗯……不過，這種狀況也無可奈何。如果你能答應我不告訴任何人，那我就告訴你。」

「……我知道了。我答應你，不會告訴任何人。」

為了讓蒼司安心，金獅子告訴他搜救成員的真面目。

還有金獅子視為主人的對象，就是蒼司認識的人。剛才劈開建築物的，也是家眷之一。還有，蒼司的青梅竹馬霞同學已經被金獅子的主人救下，目前安全無虞。

聽到這些事實的瞬間，蒼司就確定今天絕對是人生中最驚訝的一天。

在一樓待命的戰鬥員都抬頭看著歪斜樓層喃喃自語。

「不是……吧？」

「分部被劈開了……」

他們驚訝地張大眼睛，看著造成這個狀況的白髮女童。

如果剛才的斬擊，橫掃過一樓……一想到最壞的情況，所以戰鬥員背後都傳來寒意。

「能、能飛和能攀牆的人，快去幫忙高樓層的人避難！快去戒備剛才已經飛上去的金色獅子。動作快！」

在這樣的狀況下，負責一樓指揮的托爾對這些害怕女童的戰鬥員下達指令。回過神來的戰鬥員，紛紛重新拿好武器，能夠前往高樓層的特異功能者則前去救援。

「好了。梅爾朵，我們也該上場了。」

「咦！那孩子絕對是A級人物！沒辦法啦——贏不了啦——」

托爾正要邁開步伐走向女童，梅爾朵出聲阻止。

「但是除了我們之外沒人能對付她。只能認命了。」

聽到托爾的話，梅爾朵環視待命的戰鬥員。

大家都重新拿好武器，但顯得不穩。親眼見證大樓被斬斷這種可怕的招數，早就已經死心了。

「可是……」

「我真的希望妳幫忙。畢竟我一個人還是敵不過對方。」

「我、我知道了啦……」

雖然回答聽起來懶洋洋，但梅爾朵已經脫去上衣，托爾這才安心。

在旁人看來，只穿一件背心很休閒，但托爾知道這個裝扮表示梅爾朵要認真開打了。

「首先只能避開斬擊了。」

「是啊，一個不小心可能就會被切成兩半……嗯？」

然而，白烏鴉降落在兩人前方，阻擋他們的去路。而且，眼神彷彿在說『你們的對手是我』。

「這隻烏鴉好像也不好對付──」

「是啊。如此一來，也沒辦法了。我們只能一邊戒備女童，一邊先解決這隻烏鴉了。『玩具』！」

托爾這麼說，同時彈了一下手指。接著，道路兩旁的汽車和樹木旋即變形，化為十一隻人偶。

「上吧！」

在托爾的指揮下，巨大的樹木人偶以難以想像的速度逼近小白。因為材質是樹木，所以身體比汽車人偶輕很多。

「嘎啊啊──！」

然而，樹木人偶揮來的拳頭，被小白的咆哮輕鬆瓦解。

接著，小白飛過樹木人偶的上方時釋放衝擊波，轉瞬之間便摧毀三隻樹木人偶。

「原來如此，他擁有可以發出衝擊波的特異功能。不過，看你怎麼對付這一招！」

托爾確認烏鴉的技能之後，判斷樹木人偶無法抗敵，便派出汽車變形而成的機械人偶攻擊小白。

然而，小白不只能飛天，速度還快到超乎常理，機械人偶根本抓不到他。

「不過，看樣子你也無法打倒我的機械人偶。」

如托爾所料，小白無法對機械人偶使出有效攻擊。

用「玩具」能力製作出來的人偶，只要能維持人形，無論受到多強大的攻擊都能繼續動。

因此，如果威力像小白的衝擊波這樣，只是破壞一點零件，那人偶還是能繼續活動。

「嘎——」

在這樣的狀況下，小白冷靜地盯著機械人偶看。

接著，在躲避機械人偶大動作揮拳時，乘機停在人偶的手臂上。

「這、這是在做什麼？」

托爾對小白逕自停在敵人手臂上的謎樣行動感到疑惑。不過，答案很快就出現了。

「手、手臂！」

下一個瞬間，機械人偶的手臂就被切成碎片。

「是破壞觸碰過的東西嗎？不，這應該是透過共振引起的破壞。難道是操縱振動的特異功能？」

釋放衝擊波和破壞觸碰到的東西。緊憑這些資訊，托爾就正確地判斷出小白擁有的能力。

如托爾所料，小白是藉由振動破壞機械人偶的手臂。

「不過，他刻意停在手臂上，由此可見必須透過觸碰才能破壞。」

這種技能如果隔著空氣，威力就會銳減，只能以直接接觸的方式使用。托爾不只看穿技巧的詳細內容，甚至還找到缺點。

「雖然還是很難對付，但也不是不能處理！」

「嘎?!」

小白再度停在機械人偶手臂上，但這次只弄掉了一些零件，並沒有破壞整條手臂。

「嘎——嘎嘎！」

小白也馬上就發現對方成功防禦的原因。

機械人偶自己發出微弱振動，藉此減弱小白的攻擊效果。

「雖然沒辦法完全化解，但這麼做還是能抵擋到某個程度！」

以托爾操作的熟練度，讓人偶振動可謂輕而易舉。

「嘎……」

在自己的招式被破解的情況下，小白靜靜地看著機械人偶。

「好，這下狀況就……什麼？」

接著，小白對機械人偶釋放「飛行斬擊」的招式。

✦ ✦ ✦

「『模擬．水療波』。」

蒼司打上石膏的手臂和腿，被光波包圍。

「好，這樣骨折應該就好了。」

「咦……真、真的耶！真的治好了！」

雖然有點難走，但蒼司用打著石膏的腳站起身來。

接著，他甩了甩原本骨折的右臂，確認手臂的狀態。

「那你抱起那孩子，騎到我的背上吧。我帶你們出去。」

「是、是的！馬上來……啊！」

「……看樣子，你們還是不想放人。」

小黑看著房間的入口處，有一男一女闖了進來。

「我是契爾，他是塞費克。你究竟是誰？」

「嗯，老身叫做小黑，是來救他們的。如果你們能老實地讓路，那就感激不盡。」

「辦不到。我也有面子要顧。不可能就這樣放你們走。」
「這樣啊……」
蒼司對進入備戰狀態的小黑說：
「小黑先生，這兩個人都是不得了的A級特異功能者。女人擁有『感知』能力，男的則是……」
「我不會讓你再說下去。」
由於塞費克發動「束縛」，使得蒼司的動作停止。
「原來如此，你就是用這種特異功能阻止大樓崩塌。用在我身上的時候，你並沒有出全力啊！」
「用在你身上……？」
「嗯？你沒發現嗎？我們上次見面的時候，我長這樣。」
小黑說完，便回到黑貓的樣子。
「黑貓！原來如此，你就是打倒塞費克等人的黑貓。」
「沒錯。」
契爾說完，小黑點了點頭。
「當時沒能抓住你，但這次一定可以！『束縛』！」
看到黑貓姿態的小黑，塞費克立刻發動「束縛」能力。這次真的是用盡全力。

然而，身體動作被封鎖的小黑，表情一點也不焦躁。

「能夠以特異功能阻止大樓崩塌，可見你相當熟練。」

「你過獎了。就算剛才沒有消耗體力來阻止大樓崩塌，我還是奈何不了你啊。」

塞費克雖然裝作若無其事的樣子回答，但內心對小黑的異常體質感到驚訝。明明發動了足以停止呼吸甚至心跳的「束縛」……但對小黑似乎完全沒用。

「嗯，既然如此，能不能老實地讓我們離開？老身只要救出人質就可以了。而且，我們也已經充分展現能力了。」

小黑看著歪斜的天花板這麼說。

「你們的確很強。組織至今都沒有見過這麼強的人物，簡直不可思議。不過，正因為如此，我們不能毫無成果就讓你們走。」

契爾無視小黑的警告，取出手槍。標靶是在小黑背後動彈不得的蒼司。

「怎麼可能讓妳得逞。『模擬・防禦結界』。」

射出的子彈被看不見的牆擋下。

「這也是陰陽術嗎？還是妖術？罷了，不管是哪一種都無所謂，對吧！」

契爾毫不在意子彈被擋下，只是拿著槍亂射。

「沒用的。這種程度的武器，沒辦法貫穿這個結界……？」

這一瞬間，讓小黑目瞪口呆。背後射來一發子彈，擦過小黑的臉頰。

「看樣子，也不是完全沒用。」

「嗯……這就是妳的特異功能嗎？」

「沒錯。我的『感知』能力能夠正確讀取你散發出來的生命力。用生命力製造的結界，我也能輕鬆找到弱點。」

小黑使用的「模擬．防禦結界」在攻擊較密集的地方提升強度。不過，最大的弱點就是在攻擊不密集的地方，強度會降低。

契爾讓子彈集中在結界正面，同時射出一發子彈在室內的牆上反彈，藉此攻擊結界背面最脆弱的地方。

「相同的原理，我也能在發動前預測你們使用的術式。絕對不會任憑你擺布。」

「嗯……」

比起結界被破，小黑反而對契爾一行人的言行若有所思。

接著，因為「絕對不會任憑你擺布」這句話，小黑內心的懷疑轉變成確信。

「妳知道打不贏我吧？」

「你、你在說什麼……」

「『束縛』能力對我沒有什麼用，妳的『感知』也沒辦法造成致命攻擊。兩個人一起合作，或許能阻止我，但無法打倒我。剛才回彈的子彈也只要稍微加強結界就能解決。」

小黑設的防禦結界並沒有用盡全力。畢竟小黑要是認真起來，甚至能打造出飛彈都打不穿的結界。

「不過，你們明知打不贏我還這麼做一定是別有用心。到底為什麼要這麼做？」

「……」

策略被看穿，契爾沉默不語。

「我猜應該和你們那些在樓下待命的夥伴有關吧？而且妳胸前口袋裡的機器，應該也有特殊意義。」

「！！！」

小黑看穿有同伴正在待命而且預測非常準確，令契爾驚訝地目瞪口呆。

於是，她終於開口。

「……沒錯。既然你已經發現了，我就老實說。我們不認為打得過你。事實上，我們要是交手一定會輸。」

「是啊。那個什麼塞費克就算不用分神去支撐大樓，也沒有贏過老身的機會。」

其實，小黑有很多方法能讓「束縛」失效。

「不過，只要知道你的能力，就一定有方法應對。樓下的屬下中，有人和我一樣擁有『感知』能力。而且，我胸前口袋的機器就是記錄戰鬥過程的小型攝影機。」

契爾胸前口袋裡的攝影機影像，已經連結到總部的電腦。而且，待命中的「感知」特異功能者最大範圍能夠感應到數百公尺以內的訊息，因此足以觀察這場戰鬥。

透過這些做法讓總部收集小黑的資訊，才是她的最大目的。

「原來如此，本以為你們是明知必敗仍要挑戰的愚者，但看來其實是把可能性託付給未來的英雄。真是令我刮目相看啊！」

「不需要刮目相看，只要你使出全力一戰！」

彷彿昭告對話就到此結束似地，契爾再度施以槍彈攻擊。

然而，結界已經比剛才更強，就算子彈飛向脆弱處，小黑也毫髮無傷。

「我也有骨氣。既然知道有人在看，那我就不能打得七平八穩。」

契爾一邊聽著小黑說話，一邊改變填充的彈藥繼續攻擊。

「為了呈現敬意，我會認真打。但是，你們大概無法理解我的能力。」

「?!」

小黑說話的同時，契爾扣扳機的手指動彈不得。

「為、為什麼？我的手指！」

接著，他們便知道被尊崇為神的「貓妖」擁有什麼樣的實力。

✦✦✦

「為什麼啊？為什麼你也會飛行斬擊？」

親眼見證五隻機械人偶瞬間解體，托爾如此大喊。

他只剩下三隻機械人偶。而小白毫髮無傷。這個時候，勝負已分。

「嘎──嘎嘎──嘎！」

「……聽不懂你在說什麼。」

「你不可能贏，乖乖地投降吧！」小白決定性的台詞，無法傳達給托爾。

「但是，我絕對不會就這樣結束。至少也要拉一個人陪葬！」

「！」

感受到托爾的決心，小白迅速拉開距離。然而，什麼都沒有發生。

「呀──地板融化了！」

「嘎?!」

小白慌慌張張地回頭，看到鈴腰部以下已經陷入地面。

原來要陪葬的對象是鈴。

「真是的，鑽到地下很費工耶～」

騎在機械人偶上的梅爾朵，伴隨著這句話出現在鈴的身後並揮出鐵拳。

「嘎！」

小白悔恨自己忘記梅爾朵的存在，直直飛往鈴的身邊。然而，即便小白速度再快，也趕不上近距離揮出的鐵拳。

「……哼，都是小黑和小白交代我不能隨便亂砍……」

在這種狀況下，鈴依然故我地喃喃自語，把帶著刀鞘的短刀高舉至頭上。接著……

「所以我才不砍妳的！」

「咦？呃嚇！」

鈴狠狠地將短刀往下揮。

「衝、衝擊波？為什麼那個女童能釋放和烏鴉一樣的衝擊波？」

托爾對小白和鈴擁有相同能力再度感到驚愕。

陰陽術中的「命名」是擁有各種意義和效果的行為。因此，只要條件吻合，命名帶來的影響甚至可以超越最高級的「術式」或「特異功能」。小白和鈴超越式神常理，成為不滅的存在。對他們「命名」，必然會帶來某種影響。

連為他們「命名」的幸助都不知道，這個影響有多大。所謂的影響，就是指「共享能力」。小白和鈴透過「侍奉同一個主人的式神」相通，能夠共享彼此的部分能力。

不知道這件事的托爾，只能瞪大眼睛看著無法理解的光景。

鈴揮下短刀形成的衝擊波，轟開梅爾朵、機械人偶以及整片融解的地面。

撞上結界的梅爾朵當場昏倒，近距離承受衝擊波的機械人偶四肢皆已破碎。

「嘎——嘎。」

就在這個時候，小白靜靜地降落在托爾面前。發出『勝負已分，投降吧！』的嘀叫聲。

「可惡，已經走到這一步了……」

這次終於聽懂意思的托爾，將剩下的機械人偶恢復汽車狀態後，舉起雙手投降。

「托爾先生和梅爾朵小姐都輸了？」

「打倒最接近A級的兩個人物，那個女童和烏鴉難道是A級特異功能者？」

「沒、沒辦法了。我也投降。」

「我、我也是！」

親眼見證打鬥過程的戰鬥員紛紛拋下武器，和托爾一樣高舉雙手。

「嘎——」

「贏了！」

接著，女童和烏鴉的勝利歡呼，響徹整個結界。

「……嘎？」

然而，小白馬上就發現高樓層處出現異常。

「喔喔！好厲害，好大喔！」

不只小白，連鈴也注意到了。

「呃……」

「正在……變形嗎？」

「那、那是什麼？……那到底是什麼東西？」

戰鬥員和托爾也都注意到，並且被眼前的光景吸引。

他們的視線終點落在高樓層處，大樓上方正在變形成巨大的機器人。

✦ ✦ ✦

「還沒回來啊……」

小黑和小白出門已經過了一個小時。

這時候真的越來越擔心鈴的去向了。

「啊！請尼爾幫忙找不就好了！」

上次雖然說過不能駭進監視器，但這次是不得已。請尼爾幫忙找找看吧。

「尼爾，我想拜託你……尼爾？」

「……」

沒有回應，現在看起來只是普通的手機。

「又在瀏覽網頁了嗎？」

我這兩天才知道，尼爾集中精神的時候會變成一般的手機。

「如此一來，要等告一個段落，他才聽得到周圍的聲音……」

這樣就沒辦法拜託他幫忙找鈴。總之，只能先等尼爾瀏覽網頁告一段落再說……

我守著還在昏睡的霞同學，製作「替身符」打發時間等他們回來。

✦
✦
✦

融解的槍、被定住的自己和塞費克。還有——

「——大型機器人……？」

看到把自己所在的樓層當成踏板屹立的大型機器人，契爾目瞪口呆。

身旁不得動彈的塞費克也啞然失聲。

「『融解』、『束縛』、『玩具』……為什麼？為什麼你也會我們的特異功能？」

看到眼前發生的事，契爾的語氣顯得激動。

「是複製特異功能嗎？還是強制操作對方特異功能的能力？」

「……嗯。妳果然無法理解我的能力啊。」

小黑搖著頭回答契爾。

「我用『感知』確認過，一樓已經分出勝負了。你們也投降吧！只要你們投降，我就不會再攻擊。」
大型機器人配合小黑說話的時間點，瞪著契爾和塞費克。
「不僅擁有超越托爾的『玩具』能力，連我的『感知』也能使用……我投降。能使用多種特異功能的怪物，我們沒辦法處理。」
「我也投降。」
「嗯。」
看著投降的兩人，小黑滿足地點點頭。
「好、好厲害……」
看著這個光景的蒼司不禁發出感嘆的聲音。
而且，想起打造這個局面的黑貓所侍奉的主人，內心更加敬畏。
「哎呀，這個人偶得放到地上才行。」
就在小黑這麼說的時候，大型機器人手腳俐落地抓著大樓往下攀向地面。
接著，大樓因為支撐不住大型機器人往下攀時引起的重量不均而坍塌。

✦ ✦ ✦

「嗯……結城、同學？」

霞醒來之後，回想失去意識前看到的景象，便開始尋找幸助。

「霞！太好了，太好了。」

「姊姊？」

然而，眼前出現的是哭喪著臉、一把抱上來的燈。

「妳沒事吧？」

「蒼司。」

而且，蒼司也在身邊。

霞被燈抱著，但仍然環視周遭確認狀況。

「這裡是，我的房間？」

「對啊！我們得救了！」

霞還沒消化眼前狀況，看著眼前的燈，心裡感到困惑。

「霞差點被迪耶斯抓走的時候獲救，我和蒼司則是被人從組織的分部救出來的！其實我也才剛醒，不清楚詳情。」

由於霞還不能理解現狀，燈便對她說明截至目前為止的狀況。

「蒼司好像知道詳情，但他什麼都不說。」

燈邊說邊瞪著蒼司。

「我絕對不會說的。因為我已經跟救我們的人約好了。」

蒼司沒有屈服於燈的視線，堅決不改變心意。

「他就是這樣一直不肯說啦！不過，能夠讓蒼司這麼信任的話，想必應該也不是什麼壞人……」

「那些人不是壞人！沒問題！」

「這、這樣啊……」

蒼司的忠誠，讓兩人有點驚嚇。

「不過，把我們從組織手上救出來是真的嗎？迪耶斯已經追到霞，在那樣的狀況下竟然還能把人救出來……」

「哎呀，救我們的時候對手還是兩名A級的人物呢。只有迪耶斯的話……啊，不，沒事。」

蒼司說漏嘴的話，讓霞和燈感到震驚。

因為她們知道光是一名A級人物就能造成莫大威脅。

「雖然不知道是誰，不過這個城鎮竟然有如此厲害的人物。世界還真是小啊……」

「對啊。」

燈的感想讓霞也點頭附和。

「總之，我們先跟由伊聯絡，再決定今後的方針吧。由伊姊應該會知道幫助我們的人是否值得信任。」

「嗯。我也覺得這樣做比較好。」

「我想不用特地問由伊姊，那個人應該沒問題……」

雖然對蒼司的忠誠再度感到驚嚇，但大家也都同意燈提出的方案。

✦✦✦

「話說回來，小霞她們獲救我真的嚇一跳。」

駭進臨時分部監視器，觀察戰鬥狀況的由伊發出驚嘆聲。

「真的。沒想到除了那名高中生和黑貓之外，竟然還有怪物般的女童和烏鴉。」

和由伊一起看到畫面的托瑞也很震驚。

「比起這個，由伊，沒問題吧？」

看到由伊提筆寫字的樣子，托瑞不禁為她擔心。

「問題嗎？什麼問題？托瑞你太失禮了。我會寫信好嗎？」

「什麼叫做會寫信？我可是第一次看到妳寫字啊。」

托瑞在心中暗想，應該說，連拿筆這個動作都是第一次見到。

「這該不會是要寄給那名高中生的吧？」

「呃。」

上次電腦戰的對手雖然不知道是誰，但那是在試圖駭進幸助手機的時候遭受攻擊。

現在尚未準備萬全，所以由伊不敢輕易駭進幸助的電腦或手機。

「妳打算寄什麼過去？」

「我沒有要寄什麼奇怪的東西啦。因為他救了小霞他們，所以我準備了一點謝禮。畢竟他幫了小霞一行人這麼多忙，而且這東西我自己拿著也沒用，想說不如寄給他。」

之前駭進幸助電腦的時候，由伊偷看過檢索履歷，所以大概知道要拿什麼當謝禮。

「感覺他應該會很高興，但同時又覺得很恐怖吧。」

看著由伊把謝禮塞進信封，托瑞臉上浮現頭痛的表情。

「我不知道還有什麼其他的東西能當作謝禮。反正我已經做好了，就寄給他囉。那我去投郵筒了喔！」

「等等！『束縛』！」

由伊為了投遞信函，正準備衝出露營車外，托瑞見狀急忙用「束縛」把她定住。接著，一把搶過信封。

「果然……由伊，這樣是寄不出去的。」

「咦？」

由伊準備投遞的信封沒貼郵票，連收件人都沒寫。

「啊哈哈……因為我沒有寄過信啦……」

「……我可以教妳。還有，以後請跟我確認過再動手。」

由伊對電腦相關的知識可以超越一流技術者，但除此以外的知識和常識非常貧乏。

托瑞就像平常一樣，從旁幫助她。

✦ ✦ ✦

『昨夜，札幌市中央區大樓發生崩塌事故……』

「轉台吧。」

「嗯，轉吧。」

昨晚小黑、小白和鈴回來了，現在大家正在一起吃早餐。蛋包飯、味噌湯、沙拉，這是平時的早餐風景。

「……我再確認一次，昨天的事情是真的嗎？」

「嗯？昨天的事情？」

「小黑你們去懲罰特異功能組織，還有霞同學他們是特異功能者的事情……」

「嗯，是真的。」

嗯，原來是真的啊。

昨天，小黑他們直到天黑才回家，一問之下才知道……他們好像是去教訓來找我麻煩的特異功能組織。

而且，該組織的基地也因此崩塌。

「然後，也救出燈同學和刺蝟頭不良少年。」

「嗯。那個叫做霞的女孩也一起送到同伴身邊了。」

當時霞同學還在昏睡，看樣子是平安送到燈同學他們身邊了。太好了、太好了。

「話說回來，燈同學和刺蝟頭不良少年沒有發現我的真面目吧？」

「嗯、嗯……沒問題。」

總覺得這個回答模糊不清……罷了。

「對了，他們為什麼要襲擊我？我不記得有得罪過什麼特異功能組織啊……」

「打完之後老身有問過，好像是他們要抓那三個學生的時候被你阻攔了。」

根據小黑的說法，霞同學他們似乎擁有非常罕見的特異功能，也因此被組織盯上。

不過，我真的完全不記得有阻礙他們抓人……結果應該還是誤會吧。

不過，幸好霞同學他們都獲救了。

「老身跟他們說『下次再這樣，絕不會像這次一樣輕饒！』他們應該不太可能會再來找你跟那幾個孩子的麻煩了。」

「原、原來如此……」

大樓崩塌還算輕饒啊……換作是我，當然也不想再有牽扯。

「雖然說突然被捲入紛爭，又不知不覺間解決有點令人難以釋懷……既然對方不會再攻擊，那就先這樣吧。」

我和小黑閒聊的時候，也做好上學的準備了。

「那我出門囉。」

「我也出門了。」

「嗯，出門小心啊。」

「嘎——」

「掰掰——」

我在心裡祈禱回家時不要被特異功能人士襲擊，活力充沛地上學去。

✦ ✦ ✦

某寺院的房間裡，水上龍海正在聽部下報告。

「剛才已經逮捕完潛入各機關的間諜。」

「辛苦了，你可以下去了。」

「是！」

確定部下離開之後，龍海發出無力的聲音，將重心放在椅背上。

「呼……話說回來，真是太令人驚訝了……」

昨晚，小黑、小白、鈴襲擊臨時分部。

龍海也收到一封電子郵件。

「這是危險人物的資訊。請逮捕他們。」

這封電子郵件中，附帶潛入北海道各機關的間諜詳細資訊。

龍海急忙確認這份資料的真偽，結果發現上面寫到的人都有竄改經歷的痕跡，得知這些人就是潛入北海道的特異功能組織成員。

之後，龍海借助可信賴的警察、術師之力徹夜作戰，最後終於成功逮捕所有間諜。

「又欠了結城小弟一個人情啊。」

龍海逮捕間諜的同時，也調查電子郵件的發信人，結果發現是從幸助的手機寄出來的。

因此，龍海認為這次提供資訊的人就是幸助。

但龍海不知道，實際上這是小黑一行人潛入特異功能組織後，尼爾也想做點什麼而產生結果。

「下次也教他水上家的秘術好了。」

龍海一邊認真想著這件事，一邊整理這次行動的報告。

✦ ✦ ✦

「石田、瀧川，早啊。」

「早安。」

「早啊，幸助！你看到今天早上的新聞了嗎？」

「早上的新聞？」

去到學校，發現瀧川莫名地興致高昂。新聞？有什麼新聞嗎？

「中央區的大樓突然倒塌啊！調查現場的瓦礫，發現大樓有被砍斷的痕跡喔！是大樓喔！」

「呃、欸～是喔……」

是這個新聞啊。我知道我知道，我比誰都知道。

「什麼嘛。幸助看起來一副沒興趣的樣子。」

「不。我超有興趣的。」

畢竟，那是我們家的孩子引起的啊。

「那應該只是崩塌的時候瓦礫偶然出現平整斷面而已吧。雖然機率很低，但也不是不可能發生啊。」

石田說出冷靜的意見。

的確，巧合也並非完全不可能發生。

不過實際上是我家的孩子斬斷的。

「呿，可惡的現實主義者。不懂得做夢，就不會受女生歡迎喔！痛痛痛痛痛！」

瀧川伸直手指，石田則把他的手指往反方向折。

一大早到底是在幹什麼啊……

「結城同學在嗎？」

就在這個時候，教室入口傳來有人叫我的聲音。是誰？

「啊，結城同學！」

刺、刺蝟頭不良少年！他怎麼會在這裡？話說回來，他叫我結城同學？

「突然跑到教室來找你，真是抱歉。還有，昨晚謝謝你！」

「咦？」

昨晚……是指把他們從特異功能組織救出來的事情嗎？

「我只是想跟你道謝。先走了。」

「啊，等等……」

在我攔下他之前，刺蝟頭不良少年就快速離開教室了。

「我第一次看到葛西向別人低頭……」

「結城真的是厲害到不行的傢伙啊……」

剛才那一幕讓班上的同學一陣躁動。

哇啊。要收拾這個局面要費很多工夫啊。應該是說——

「小黑……」

——他絕對知道我的真面目啊！

✦ ✦ ✦

特異功能組織「蒂凡」總部的司令室召集了領導人梅納斯以及掌管各部門的芙雷雅和馮恩共三名首長進行會議。

「梅納斯大人，勇者系列已經整備完成。逮捕『結合』的事情就交給我……」

「馮恩啊，夠了。包含結城幸助在內，今後也禁止接觸『結合』、『賦予』、『寒熱』這三個人。」

「什麼！」

梅納斯的話令馮恩感到震驚。

就算放棄「賦予」和「寒熱」，也不能放棄「結合」，畢竟這項特異功能是達成組織目的不可或缺的要素。「為、為什麼？長年收集的『神力』只要用『結合』就能融合在我們身上，達到神的境界啊！」

還差一步就能到達的「封神之道」。馮恩認為目標近在眼前，絕不能放棄，所以反對梅納斯的決定。

「馮恩，你對梅納斯大人太失禮了。請控制情緒。」

「可、可是……」

「馮恩！」

「……梅納斯大人，非常抱歉。」

芙雷雅糾正了馮恩的失態。

「無妨，你的意見沒錯。不過，透過這次事件我們已經知道結城幸助和他家裡的人是如此危險的存在，不再繼續接觸才是上策。」

「可是……」

為了說服不甘心的馮恩，梅納斯繼續解釋。

「馮恩啊。你還記得我們是因為什麼事情，才去決定要去確認結城幸助這個人嗎？」

「迪耶斯被當成兇犯拘留，結城幸助變成逮捕迪耶斯的神力高中生，媒體還大幅報導。我怎麼會忘記。」

「從事件相關的員警、記者證詞看來，這可能是透過操縱記憶的特異功能或者術式進行大規模竄改的事件，在組織內也是很知名的案子。」

「嗯。所以我們監視了數名相關記者與警察，發現他們可能受到『改寫現實』能力的操控。」

「這、這是真的嗎？」

梅納斯的話令馮恩感到震驚。

「真的。觀察之後發現他們被竄改的記憶沒有恢復的跡象。也就是說，他們不受這個世界的修正力影響。」

「怎麼會……如果這是真的……」

「——嗯。表示擁有竄改記憶的『神之異能』或能使用『神術』之人，就在結城幸助身邊。」

馮恩聽到梅納斯的說明，一臉不可思議的樣子接著說：

「也就是說，他們背後有達到神之境界的『竄改記憶』特異功能者嗎？」

「嗯，沒錯。」

了解梅納斯的說明之後，馮恩驚訝地說不出話。

如果這是真的，那麼就表示組織付出那麼長的時間與勞力始終沒有達到的「神的境界」，其實早就有人達成了。

「還不確定，也有可能是組合各種特異功能和術式，重現接近『改寫現實』的現象而已。」

「即便是這樣，擁有這種程度的戰力，繼續接觸結城幸助和他周邊的人物都很危險。」

芙雷雅替梅納斯補充說明。

「不僅如此。潛入北海道內各機關中的間諜，在這個時候一一被捕。繼續作戰本身就有困難。」

「有、有這回事？」

「嗯。我想對方大概也有擅長操縱資訊的人。」

「不只物理性的戰鬥，連資訊站都能應對……」

聽到這裡，馮恩已經知道對手的程度了。

「馮恩，這樣你知道梅納斯大人的考量了吧？」

「我知道了。是我想得太淺，非常抱歉。」

看到馮恩終於了解，梅納斯和芙雷雅點了點頭。

「那之後就禁止再接觸結城幸助和他周邊的人物。知道了嗎？」

「是！」

馮恩和芙雷雅都附和梅納斯的決定。

「那我們也回去做自己的事吧。」

梅納斯離開會議室之後，芙雷雅邊起身邊開口這麼說。

「……」

「馮恩，怎麼了？」

看到馮恩沒有回應的樣子，芙雷雅一臉驚訝地問。

「不，沒什麼。我們回去做自己的事吧。」

「……是啊。」

芙雷雅雖然覺得奇怪，但也沒有特別追究便離開會議室。

「神……我一定要成為神。」

此時，還沒有人發現馮恩的野心。

✦
✦
✦

「喂──要不要喝蘋果汁？」

「嘎──」

小白活力充沛地回答。

應該是去教訓特異功能組織讓他找回自信了吧？太好了、太好了。

「來，小黑喝青汁。」

「什麼？為什麼？」

為什麼？這是懲罰啊。

雖然是救人時為了讓對方安心才說漏嘴，但刺蝟頭不良少年已經知道我的真面目，還是必須懲罰。

「我只是碰巧出手相助而已！」雖然沒有說謊，但不能說詳情又要想出個藉口，真的費了好大的工夫。

「青汁……」

不過，跑去修理特異功能組織這件事畢竟是為了我，這一點我當然心存感激。

「嗯?意外地還不錯。好喝。」

所以，加了蘋果、香蕉調味。雖然外觀糊糊的，顏色也不好看，但味道應該不錯。

「喔，對了，差點忘了。剛才有收到一封信。」

被青汁弄髒嘴角的小黑把信封遞給我。這是什麼?網路費帳單嗎?

「好像是一般的信。裡面寫著『你好，我是由伊！為了答謝你的幫助，我做了這個，送給你！』」

由伊這個名字好像在哪裡聽過。罷了。

不過，這個字還真醜。字醜就算了，還很難讀。

「嗯?好像還有其他東西在裡面。」

拿出來一看，發現是「結城鈴」的戶籍謄本和居民證。

「結城鈴?」

這該不會是鈴的戶籍和居民證吧?

而且父母欄的名字是我爸媽。從出生日期看來，不就是我的妹妹嗎?

「這、這是怎麼回事?」

如果是班長的爸爸，應該可以做到這件事，但他不知道我是誰。既然如此，很可能是其他人送來的。

「到底是誰……」

「嗯。這可能是那三個人的恩人寄過來的。」

「那三個人？是霞同學他們嗎？」

「沒錯。他們的恩人似乎什麼都辦得到。據說現在人在遠方，但那個人應該能做出戶籍之類的東西吧？」

「的確，使用特異功能的話，的確有可能。」

對方使用某種特異功能，得知我正在設法取得鈴的戶籍和居民證，所以竄改資料做出一份。

信裡寫到「為了答謝你的幫助」，這如果是指幫助霞同學他們的事，那就很合理了。

「對方擁有很方便的能力呢。」

「但應該遠不及你啊。」

的確如此。

「不過，鈴是我妹妹啊？畢竟是在小白之後才誕生的，感覺她應該是小白的妹妹才對。」

「嘎——」

我這麼一說，小白冷靜地叫了一聲。
「這麼說來，你是小白、鈴、尼爾的爸爸。」
「這好像有點複雜。」
不過，小黑說得沒錯。
雖然我才高一，但不知不覺就當了爸爸。
「總之，這我就收下了。」
被拿來放電話的櫃子有一個放重要文件的抽屜，我把鈴的戶籍謄本和居民證收在抽屜裡。
「不用再想一下，是誰送這些文件過來的嗎？」
「沒關係。現在就算想破頭，大概也想不到吧。」
字跡醜很可能是想掩飾筆跡，所以刻意這麼寫。如果是這樣的話，表示對方也不想讓我知道他是誰。
假設我的推測正確，那連由伊這個名字都不見得是真的。
「況且，就算知道對方是誰，我也不能怎麼樣啊。畢竟對方幫我準備好鈴的戶籍，感謝都來不及呢。」
不過，跟爸媽解釋的時候就很頭痛了……
「應該是說，如果真的很在意，直接問霞同學他們就好了。」
「的確如此。」

小黑似乎也同意我的看法。

「比起這些，我有更重要的事必須思考。」

「更重要的事？」

不只小黑，就連剛才一直在聽我說話的小白等人都歪著頭。

沒辦法，告訴他們好了。

「就是『宿營活動』採買時要穿的衣服！」

「「「「……」」」」

大家看我的眼神像是在說：「竟然是這種小事……」

總之，我決定靜靜地挑選下禮拜六採買時要穿的衣服。

✦✦✦

小白陷入沉思。

『畢竟是在小白之後才誕生的，感覺她應該是小白的妹妹才對。』

幸助若無其事的一句話，莫名地令人在意。

「嘎……」

自己好像忘記了什麼似地，心裡有股奇妙的感覺，讓小白感到困惑。

雖然怎麼想都想不起來，卻湧現原本正在找一個人的焦躁感。

「我回來了——」

就在這個時候，幸助買完東西回家，聲音響徹整個家中。

「嘎——」

聽到他的聲音，小白的焦躁感瞬間消失，活力充沛地迎接主人。

番外篇

番外篇 1

烏鴉老大小白與尼爾的傷痕

時間稍微往回推到塞費克、托爾、梅爾朵三人襲擊幸助家之前。

「嘎——嘎——嘎——嘎嘎嘎嘎嘎～♪」

有隻白色烏鴉在札幌的上空邊飛邊哼歌。

那隻烏鴉的名字叫做小白。是幸助用式神術創造出來的鳥形式神。

「嘎——嘎。」

小白叫了一聲，像是在說：『今天往山那邊飛好了。』

幸助去上學、小黑看家的時候，小白每天都會在空中散步，順便觀察整個札幌市。

「嘎——？」

此時，小白注意到令人在意的一幕。

小巷弄裡的垃圾堆裡，有一隻烏鴉被塑膠繩纏住。

而且有兩個看起來很壞心眼的男人，不停地用掉在地上的垃圾丟那隻烏鴉。

「嘎——」

「嘎——嘎——！！」

周圍的建築物上有很多烏鴉，雖然擔心自己的同伴被欺負，但又愛莫能助，只好出聲威脅。

「嘎……」

就某個層面看來，這也是大自然的法則，所以小白也能理解這個狀況。不過，畢竟大家一樣都是烏鴉，所以小白也不忍離去。

「每次都在這裡翻垃圾……可惡！」

「嘎！」

「這麼想要垃圾的話就拿去，拿去啊！」

「嘎──」

兩名男子似乎喝得很醉，不知道要控制力道。

被垃圾砸到的烏鴉，羽毛上已經滲出血。

「嘎……」

小白陷入沉思。如果自己做出什麼引人注目的舉動，可能會打亂主人「想安穩生活」的目標。

可是──

「哇，這隻白色烏鴉是怎麼回事？」

──也沒辦法就這樣視而不見。

「嘎！」

「好痛！」

小白發出叫聲的同時也釋放衝擊波，把兩名男子轟到兩公尺外。

「啊！」

「怪、怪物，是烏鴉怪啊！」

「所以我才說不要虐待烏鴉啊！救命啊！」

可能是因為受到莫大衝擊導致瞬間酒醒，兩名男子拚命逃走。

「嘎！」

小白無視逃走的男子，來到被欺負的烏鴉身邊。

接著發出微小的「飛行斬擊」切斷繩索。

「……嘎——」

獲救的烏鴉雖然困惑，但也對小白表示謝意。

「嘎！」

小白叫了一聲，彷彿在說『大功告成』便飛走了。

畢竟他也沒有理由繼續待在原地。

「嘎……」

停在周圍建築物上的烏鴉們，已經在自己能飛抵的最高處，看著那隻白色烏鴉，輕輕鬆鬆地飛翔在更高的地方，不禁目瞪口呆。接著，牠們發出感嘆聲。

在烏鴉的世界裡，沒有所謂的老大或領導者。

然而，牠們體內存在景仰強者、追尋安全之地的本能。

有些烏鴉是出自單純的好奇心。

有些烏鴉是景仰強者。

有些烏鴉是想在強者的庇護下，求得安全的棲息地。

這些烏鴉們會聚集在小白身邊，是必然的結果。

「……」

每次在空中散步時就會有一大群烏鴉跟著，小白見狀便喃喃自語。

「嘎……」

就像是在說：『怎麼會變成這樣……』

✦✦✦

「可惡，又輸了。」

我正在玩手機的拼圖遊戲，但遲遲過不了關。這一關有點難啊。

「主人，有困難嗎？」

尼爾可能是在擔心我，所以這樣問。

啊！

「尼爾，你能過這一關嗎？」

「交給我吧！」

尼爾這麼一說，畫面便開始自己動了起來。

接著，我一直無法過的關卡很快就被攻破。

「哇喔……」

畫面像是在快轉遊戲專家的影片似的，最後顯示了分數。

『恭喜過關～！你達到最高分數：999,999,999分～！』

攻略網站上都沒看過這種分數。

「尼爾……謝謝。」

「有困難的時候，隨時都可以呼叫我。」

嗯。總之，就先不用幫我玩遊戲了。感覺應該會被經營遊戲的公司盯上。

「話說回來，尼爾，螢幕上的傷痕原本有這麼小嗎？」

尼爾誕生之前，我和擁有「玩具」能力大禮帽打鬥時螢幕出現裂痕，直到尼爾誕生之後都還在。

雖然剛才玩遊戲的時候也有注意到，不過裂痕明顯又變小了。

「這大概是受到我體內的電流影響。龜裂處被切斷的原子，因為電流的影響再度結合。」

「咦？也就是會自然好起來囉？」

「是的。不足的碎片，感覺是從空氣中收集原料補起來的。」

「哇喔～」

雖然不太清楚原理，但原來能自然治癒啊！尼爾好厲害。

我一邊想著這些事，一邊繼續懶散地玩拼圖遊戲。

後來受到遊戲營運公司寄來警告通知，又是另一個故事了。

番外篇2 學校成績與光球的去向

我在客廳一邊打開成績單一邊思考。

現在是四月底。入學之後快一個月時，學校舉辦了第一個活動。那就是大家最喜歡的「複習考試」。

將國中和四月中前的學習範圍分成「國英數理社」五個科目進行考試，就算不及格也不會有什麼懲罰。

不過，這是入學後第一次的考試，而且也會公布名次，所以大家都很認真考。

一年級共約有兩百名學生參與這次考試。獲得神仙爺爺提升學習能力的我考得如何呢——

「——國語五十五分、數學七十分、理化八十五分、英文六十五分、社會六十分。名次是兩百人中的第七十七名啊。」

超微妙的。雖然超越平均值，但也是不好不壞的成績。

「畢竟發生了很多事啊……」

如果要講點藉口的話，這段期間我遇到神仙爺爺，還多了幾個家人，又被捲入陰陽術師和特異功能組織等紛爭……這一個月真的忙死了。而且我還真的死過一次。

在這種狀況下，光靠國中時期累積的實力拿到這個名次，相對而言已經算是不錯的結果。

「而且還有出乎意料的收穫啊。」

所謂出乎意料的收穫就是指非常好用的「學習能力」的發動條件。

這項頂級作弊能力雖然能在看到過程或結果的狀況下學習「技巧」、「術式」、「特異功能」，但並不是所有出現在眼前的東西都能學得會。

如果是沒有特定條件的無差別能力，那我應該看個電視節目，口條、演技、攝影能力都可以達到專家水準。

因此，這個能力應該只在「想學習」的範圍內適用。然而，讀書這件事雖然我心裡「想學習」但還是沒學好……原因在於──

「──應該是『好奇心』吧。」

這個推斷應該沒錯。很想知道、很想學習，非常認真的心情。如果沒有這種「好奇心」，沒有認真「想學習」的話，這個能力就無法啟動。

而且，根據「好奇心」程度，學習速度和條件也有所變化。

之前，我打算學習催眠術，透過影片看了部分催眠過程和結果，最後還是沒學會。相對之下，術式和特異功能只看一眼就輕鬆學會了。

這個差異應該就是因為好奇心的高低，影響學習條件和速度吧。也就是說，神仙爺爺給我的「學習能力」只是我原有的學習能力高級版。

「所以，讀書還是得靠自己努力。」

下次考試就好好加油吧。

我下定決心時，小黑從後院過來叫我。

「我準備好麻手套和毛巾了。趕快開始吧！」

「啊，抱歉。我馬上過去。」

小黑一說我才想起來。我決定今天要打掃後院。

✦ ✦ ✦

「哇啊～再看一次還是覺得很亂啊。」

放著小黑專屬祠堂的後院，枯草和剛長出來的雜草被雪覆蓋，呈現一片荒蕪。

「應該會花很多時間。」

「沒問題的，我也會幫忙。趕快打掃吧！」

那真是太好了。雖然也不是多大的庭院，但一個人整理真的很累。而且，雜草如果變長，枯草就會更難處理，可以的話我希望能在今天打掃完畢。

「嘎——」
「鈴也來幫忙！」
「我也會幫忙。」
「各位，謝謝囉。」
我順著大家的好意，坦然接受幫助。尼爾可能不方便幫忙，他的好意我就心領了。
咦？話說回來，我們家的成員裡，應該只有我能好好拔草吧？
「嘿咻。」
就在我想著這個問題的時候，小黑已經變身為大尺寸的金獅子。
「這個樣子應該能多幫一點忙。」
「哎呀，真是太可靠了！」
剛開始除草的時候明明是這種狀況，但結果反而和我想的完全相反。
小黑雖然用前腳的肉球和尾巴靈巧地拔草，但體型太大，導致效率不佳。工作量和用雙手拔草的我差不了多少。
相較之下，小白用衝擊波集中掉下來的枯草和被拔起來的雜草，再由鈴斬碎。如此完美的合作，讓小白和鈴的工作量遠超過我的想像。
然而，成果比他們更好的是——
「尼爾好厲害。」

「嗯，尼爾真是厲害啊。」

——是尼爾。

我正在拔草的時候，尼爾說：「主人，能不能用特異功能做幾個人偶給我？如果能做個五隻，那就太感謝了。」所以我對土壤發動「玩具」能力，製造出五個人體大小的土壤人偶。接著，尼爾用靈力繩連結五個人偶，每一隻都像專業作業員一樣工作。

雖然尼爾也能用靈力繩操縱人偶令人驚訝，但他絕佳的工作效率更令人吃驚。

尼爾操縱的土壤人偶，一隻負責把鈴斬碎的雜草埋在庭院裡，兩隻負責撿小石頭，剩下的兩隻以極快的速度在拔草。

我也想要操控人偶做一樣的事，但因為力道調整太困難而放棄。畢竟我頂多只能操控兩隻人偶，而且人偶拔了草，根卻還留在土裡。結果，我自己來反而做得更好更快。

「按照這個速度，二十八分鐘之後就能結束。」

「真的假的？」

速度快很令人驚訝，能預測作業時間也很令人驚訝。

「咦？話說回來，都不見了嗎？」

此時，我發現某個異常。

神仙爺爺讓我復活之後，我看到的那些白色光球都不在後院。

「小黑，那些光球……」

我正想問這件事的時候，不知道從哪裡冒出來的一顆光球靠近小黑，小黑說了些話之後，光球就進到祠堂裡。

「小黑，剛才那是怎麼回事？」

「什麼？」

「你剛才跟光球講話，光球就進到祠堂裡了吧！你在做什麼？」

「光球……啊，剛才的魂魄嗎？我說與其在庭院裡飄蕩，不如到祠堂裡避風雨，所以讓他進到祠堂裡了。原本在庭院的，現在也都在祠堂裡喔。」

「咦……？」

那這樣祠堂裡不就很擠嗎？如果是這樣的話，在庭院裡飄蕩感覺比較舒服耶……

「我先說，他們沒有在祠堂裡擠成一團喔。祠堂裡是『神想世界』，這是一個混合他們各自描繪情景的異空間。」

「神想世界」？

那是什麼？聽起來好酷。

「所以對他們這些靈體來說，會覺得裡面的空間無限寬廣。雖然不清楚正確的大小，但可能是比這個城鎮還大很多的空間。」

「比札幌市更大？」

那還真厲害。有點想去看看。

「順帶一提，不是靈體就沒辦法進入『神想世界』。你應該沒辦法進入祠堂吧。」

「這樣啊……」

那還真是有點遺憾。

正當我這麼想的時候，光球再度出現，和小黑說了話之後回到祠堂中。

「又來了啊！一天到底會有多少光球進去？」

「嗯，大概一百個左右吧。『神想世界』應該會隨之變得更大。」

「哇喔……」

細問之下才知道，無論「神想世界」如何擴張、居民如何增加，對現實世界的這個家都不會有影響。因此，我決定不要想太多。

「啊，那我是不是定期供奉點心比較好？」

「這不錯。他們應該也會很開心。」

不過，每天增加一百個的話，供奉少量點心感覺好像沒什麼意義。好，之後再問小黑吧。今天要以除草工作為優先。

「主人，除草完成了。」

「咦？已經結束了嗎？」

就在我重振精神打算繼續除草的時候，尼爾說已經結束了。
我一看，發現庭院的雜草拔得一乾二淨。
小白和玲也結束工作，累癱在緣廊上。
「……結果，我們兩個做得最少。」
「……嗯，真是失策。」
先把光球的事情放一邊，我和小黑一起發麥茶慰勞大家的辛勞。

後記

大家好！我是作者碳酸。

這是我人生第一次寫後記，實在不知道要寫什麼才好……首先，我想先跟大家道謝！由衷感謝您選擇這部作品。

不只閱讀了作品本身，還讀了如此笨拙的後記，真的是感激不盡！

為了不被大家嫌棄後記很無聊，我趕快來說個小故事。

小故事的題目是「碳酸」這個筆名的由來。因為作者超喜歡碳酸飲料……才怪。我也喜歡喝茶。

碳酸這個名字的背後，有個卑鄙的原因……其實我是為了行銷才選擇這個筆名。譬如說當大家用「碳酸飲料」或「三號電池」*等關鍵字檢索的時候，可能會出現同音的這個筆名，如此一來就會有人注意到我的作品。這就是筆名的由來。

還有，這個單字耳熟能詳所以很好記。

用真名重整排列順序或者組合喜歡的單字也很棒，但世界上還有這種卑鄙的方法喔！

正在煩惱該怎麼取筆名和隊名的你，一定要試試看這個方法。

內容和正文一點關係都沒有，真的很抱歉，我的小故事就說到這裡。

最後，我要對協助書籍化的工作人員致上深深的謝意，即便我製造了很多麻煩，他們還是沒有放棄這樣的作者。

另外，還要特別感謝以下三位：在網路上看到本作品，前來邀約我出書的PASH！編輯部的山口先生；聆聽我的任性要求、協助我和編輯部溝通的I先生；描繪神插畫甚至超越作者想像的夕薙老師。

接著！我要感謝當初在網路上連載時，一直支持我的讀者。沒有各位的支持，作品就無法出版成書。真的非常感謝大家！

如果還有出下一集，我們一定要再相會喔！

碳酸

二〇一八年十月吉日

＊編按：「碳酸」的日文「タンサン」與「單三」（三號電池）的發音相同。

國家圖書館出版品預行編目資料

異世界轉生…才怪！/ 碳酸著；涂紋凰譯. -- 初版.
-- 臺北市：皇冠, 2020.5　面；公分. -- (皇冠叢書；第4841種)(YA!；59)
譯自：異世界転生…されてねぇ！

ISBN 978-957-33-3530-6 (平裝)

861.596　　109004056

皇冠叢書第4841種
YA！059

異世界轉生…才怪！

異世界転生…されてねぇ！

作　　者—碳酸
譯　　者—涂紋凰
發 行 人—平雲
出版發行—皇冠文化出版有限公司
台北市敦化北路120巷50號
電話◎02-27168888
郵撥帳號◎15261516號
皇冠出版社(香港)有限公司
香港上環文咸東街50號寶恒商業中心
23樓2301-3室
電話◎2529-1778　傳真◎2527-0904
總 編 輯—許婷婷
責任編輯—蔡維鋼
美術設計—王瓊瑤
著作完成日期—2018年
初版一刷日期—2020年5月

法律顧問—王惠光律師

讀者服務傳真專線◎02-27150507
電腦編號◎515059
ISBN◎978-957-33-3530-6
Printed in Taiwan
本書定價◎新台幣280元/港幣93元